了垃圾桶。他长出了一口气，又跺了几下脚，心里说，我就不
这个毛病。过会儿我直接说出来不就行了，好好想着，一定
……

大学后，为了筹措那昂贵的学费，快五十岁的他和妻子到南
每天的上班时间经常达到 12 小时。他和妻子又不在一个
，上班时间严重错位。这个上班走了，那个还没回来，
，那个已经又上班去了。所以两个人有什么事情总是用
形式互相告知。他记得，曾有过夫妻几个月不见面的
有交流，包括相互思念之情，全部靠窄窄的一张纸条
时感到既苦涩又甜蜜。所以临回家的时候，就把五
之间写的纸条装在行囊中背了回来。

，妻子回到家中，看他在院中的小菜地上忙碌着，
了个转，然后去了厨房，忙他们的晚饭去了。
里的活儿，他洗刷了一下，走进房子，先来到
，踅摸了一眼，上面没有妻子写的纸条，他知
事，就在沙发上坐下来休息。等妻子把饭菜
同吃饭。突然，他颜色一变，快速地跳了起来，
唰唰唰写了一阵，迅速地把纸条放在茶几
厨房把妻子拉过来，
条上的内容。

一眼纸条，一下
头汗，用手使劲
指头，急三火
了门。

拍了几下自
，又把左
劲拧了几
地歪在

人辞掉
工作
到
他
月

1+1
GONG
CHENG
第二辑

重新学话

高军

百花洲文艺出版社
BAIHUAZHOU LITERATURE AND ART PRESS

图书在版编目(CIP)数据

重新学话／高军著．—南昌:百花洲文艺出版社,
2013.5(2020.6重印)

(微阅读1+1工程)

ISBN 978 - 7 - 5500 - 0639 - 3

Ⅰ.①重… Ⅱ.①高… Ⅲ.①小小说—小说集—中国
—当代 Ⅳ.①I247.8

中国版本图书馆 CIP 数据核字(2013)第 099412 号

重新学话

高 军 著

组稿编辑:陈永林

责任编辑:赵 霞 程顺祥

出 版:百花洲文艺出版社

发行单位:全国新华书店

印 刷:龙口市新华林文化发展有限公司

开 本:700mm×960mm 1/16

印 张:12

版 次:2013 年 8 月第 1 版

印 次:2020 年 6 月第 4 次印刷

字 数:128 千字

书 号:ISBN 978 - 7 - 5500 - 0639 - 3

定 价:29.80 元

赣版权登字:05 - 2013 - 234

网址:http://www.bhzwy.com

图书若有印装错误,影响阅读,可向承印厂联系调换。

前　言

　　以"极短的篇幅包容极大的思想"，才能够以小胜大，经过读者的阅读，碰撞出思想的火花，震撼人的心灵。正因为这样，微型小说成为一种充满了幽默智慧、充满了空灵巧妙的独特文体。

　　如果说在二十一世纪的头一个十年，是互联网大大改变了我们的生活，那么在我们正在经历的第二个十年里，手机将更为巨大地改变我们的生活。如今，以智能手机为平台，正在构成一个巨大的阅读平台。一种新的阅读方式正不知不觉地走进大众的生活。一个新的名词就此产生，它便是"微阅读"。微阅读，是一种借短消息、网络和短文体生存的阅读方式。微阅读是阅读领域的快餐，口袋书、手机报、微博，都代表微阅读。等车时，习惯拿出手机看新闻；走路时，喜欢戴上耳机"听"小说；陪人逛街，看电子书打发等待的时间。如果有这些行为，那说明你已在不知不觉中成为"微阅读"的忠实执行者了。让我们对微型小说前景充满信心和期待的是，微型小说在微阅读的浪潮中担当着极为重要的"源头活水"。

肩负着繁荣中国微型小说创作、促进这一文体进一步健康发展的责任和使命，微型小说选刊杂志社推出了"微阅读1+1工程"系列丛书。这套书由一百个当代中国微型小说作家的个人自选集组成，是微型小说选刊杂志社的一项以"打造文体，推出作家，奉献精品"为目的的微型小说重点工程。相信这套书的出版，对于促进微型小说文体的进一步推广和传播，对于激励微型小说作家的创作热情，对于微型小说这一文体与新媒体的进一步结合，将有着极为重要的作用和意义。

编者

2014 年 9 月

目　　录

重新学话

他从正面的茶几上拿起自己刚才写的纸条，狠狠地几下撕碎，攥成一个小团扔进了垃圾桶。他长出了一口气，又跺了几下脚，心里说，我就不信改不了这个毛病，过会儿我直接说出来不就行了，好好想着，一定好好想着……

孩子上大学后，为了筹措那昂贵的学费，快五十岁的他和妻子到南方打工，每天的上班时间经常达到 12 小时。他和妻子又不在一个工厂干活，上班时间严重错位。这个上班走了，那个还没回来；这个回来，那个已经又上班去了，所以两个人有什么事情总是用写纸条的形式互相告知。他记得，曾有过夫妻几个月不见面的时候，所有交流，包括相互思念之情，全部靠窄窄的一张纸条传递。当时感到既苦涩又甜蜜，所以临回家的时候，就把五年里两人之间写的纸条装在行囊中背了回来。

不一会儿，妻子回到家中，看他在院中的小菜地上忙碌着，就进屋打个转，然后去了厨房，忙他们的晚饭去了。

干完菜地里的活儿，他洗刷了一下，走进房子，先来到茶几跟前，趸摸了一眼，上面没有妻子写的纸条，他知道没什么事，就在沙发上坐下来休息，等妻子把饭菜端上来共同吃饭。突然，他颜色一变，快速地跳了起来，在纸条上刷刷刷写了一阵，迅速地把纸条放在茶几上，来到厨房把妻子拉过来，让她看纸条上的内容。

妻子扫了一眼纸条，一下子出了一头汗，用手使劲戳了他一指头，急三火四地跑出了门。

他狠狠地拍了几下自己的嘴巴，又把左右食指使劲拧了几下，颓然地歪在了沙发上。

直到两人辞掉打工的工作后，才感到了异常。他们很难用嘴巴交流了，有什么事情还是需要写纸条互相告知对方，否则就会丢三落四的。意识到这个问题后，两个人都想努力改正，半年多了，却还是改不过来。

晚上十点多，妻子才拖着疲惫的身子回到家中，妻子走后他接手做的饭菜已经全部凉透了。

妻子来到茶几跟前，快速写了一张纸条，啪的一声拍在了他的面前。他哆嗦了一下，伸头一看，上面写着："这么急的事情你怎么不早告诉我？"

他赶紧抓起笔来，在纸条上写道："我把纸条撕了，想直接告诉你的，可是你回来时就说不出来了。"

妻子又写道："没这本事就别逞能了。"

他再写："这样下去总不是个办法啊。"

妻子再写："这倒好，这么大的事全耽误了，你说说这算怎么着！"

他走出去，不一会儿攥着一把斧头回来了，把右手食指和中指平铺着伸在一把矮小的椅子上，左手举起斧头就要往下砍。

妻子愣了一下神，马上反应过来，一把抓住了他的手腕，僵持了一会儿，斧头放下了。

"唉——"他长叹一声，头使劲低了下去。

沉闷了半天，妻子又写了一张纸条递过来："咱们得赶紧学会重新说话，别心疼那点钱了，明天咱们就报名去，行不？"

他皱着眉头，过了半天，拿起笔来，在纸条上写道："行！去！"第二个感叹号把纸张都划破了，他看了看钢笔的笔尖，好像也有些劈裂。

其实，他们早就发现离本村十几里的小镇上开办了一个针对打工返乡人员开办的重新学话训练班，但他俩根本没有当回事，不相信自己从小学会的说话能力就这么容易的丢失了，并且还得经过训练才能重新获得，他们想靠自己的努力恢复说话能力，现在看来短时间内是做不到了。

第二天一大早，根据培训要求，他俩提着装有此前夫妻二人写的所有纸条的旅行箱来到小镇上，先交上一大笔钱，老师才接过他们的纸条箱翻转过来，把纸条全部倒在地上，让他们点上一把火烧掉："彻底向过去告别，重新开始新的生活吧。"

火燃烧起来后，老师让班长把他俩领到教室里去。班长走上前来，伸出右手在胸前晃了几下。夫妻二人看到，那架势就像是手中拿着一支笔的样子。班长嗫嚅了半天，嘴里才发出生涩的声音："欢迎你们。好好训练会有效的。你们看，我已经开始会说话了。"

两人回过头去，看着尚未彻底燃烧透的那堆黑黑的纸灰，眼泪像开了闸一样肆意地流淌下来。班长很理解，静静地等着他们。老师抬起下颌指指教室向他们三人示意：去吧。

他拉起妻子的手，跟着班长向前走去。

解 救

开始只是在森林边缘走着，后来不知不觉就走进了森林深处，想回头时已经彻底迷了路。

他才五十出头，在单位的例行体检中，竟查出了多种毛病：严重高血压、高血脂、高血糖；更可怕的是胰腺上长了一个瘤子，需进一步检查才能确定是不是癌。他知道，胰腺上长瘤子绝对不是个好兆头。一旦确诊，恐怕活在世上的时间就不会多了。他开着车跑出来散心，来到这片青翠的原始森林，胡思乱想中走了进去，不久就没有了方向感。后来天色暗下来，他也疲惫极了，刚坐到一棵大树前，就昏沉沉地睡了过去。

恍惚中，响起了一阵唧唧喳喳声，他猛一哆嗦惊醒了过来。周围黑影幢幢，一些动物在嬉戏着、蹦跳着。他倒吸一口凉气，绝望地抬头向空中望去，挺拔的树木极力向天幕刺去，在一个个细细的树头缝隙里，偶尔露出两三颗星星来，冷冷地眨着眼。他摇摇头，痛苦地闭上了眼睛。

远处偶尔传来一声不知何种动物的叫声，整个森林显得更加可怕了。他慢慢睁开眼睛，那些小动物们竟然围着他围了一圈。彻底失望了，也就觉得没有什么大不了的问题了。他索性把眼睛闭了，不久又迷糊了过去。

再次醒来的时候，林子里已经亮堂了起来。他这才发现包围着他的动物们是一群猴子，它们正做出各种各样的顽皮姿态。

他浑身的冷意消失了一些，僵硬的身体慢慢活泛起来。

他感到饿了，抬眼看了一圈，没有什么可吃的。猴子们开始簇拥着他转移场地，他看看周围除了草木还是草木，只好随着猴子而去。好在走了不远，猴子们就停了下来。一些树上有野果，猴子开始蹦跳起来，攀援上树枝，摘了一些就往嘴里按去，牙齿使劲往下啃着，有时竟把啃了一半的野果举起来，向他展示着布满齿痕的半个水果。他一激灵，也开始向树上攀爬起来，但双手很难抓紧树干，身体也难以提升到树上去，不一会儿就累出了满头大汗，沮丧地倚在树上大口地喘粗气。肚子更加响亮地咕咕噜噜起来，肚皮有一种向后背贴去的感觉。他知道这种饥饿状态不能再持续下去了，若发生体力衰退，就更没有希望走出森林了。他冷静下来，开始寻找低矮的野果。不一会儿就奏效了，几丛山枣出现在他的眼前，红红绿绿的果实正随着枝条摇曳着。他扑上去，采摘着，往嘴里快速地填着。当这丛酸枣被吃光，他感到体力恢复了一些。他看到，猴子们也在迅速地寻找新的食物。借助身上刚刚增添的体力，他也赶紧继续寻找着可以食用的野山果。

由于走不出这片森林，他只好整天与这群猴子为伍，跟着猴群风餐露宿，以山果充饥，用山泉解渴。白天，他和猴子们一起在林中游荡，四处寻找可以食用的东西。晚上，找到石洞他就进去睡一觉，而猴子们大多爬到了周围的树上。找不到山洞时，他就在树下休息。慢慢地，攀爬树木的能力飞速长进，他也能在树上睡觉了。

有时候，他用一只胳膊拉住树枝挂在那里挂半天，来了兴趣他还会用两只胳膊拉着身体在树枝之间窜蹦着，爬山越岭脚步也能如飞一般了。有次被一只狼追赶着，猴子们蹿上了树梢，而他在地上硬是把饿狼甩掉了。事后想到自己竟然忘了爬到树上去，他光摇头苦笑。

这天，他和猴子们正在抓挠着，远处突然出现了几个人影，猴子"吱"的一声四散开去，瞬间隐藏了起来，他也快速蹿上了一棵高树。

这几个人靠过来，在大树的四周站下了，就像第一天晚上猴子们包围他的那个样子。他在树上屏住呼吸，冷眼看着这些用惊奇的眼光看着自己的人，只见其中的两个人走到一起耳语了一番，其中一个开始向他喊话了："喂，我们是解救您来了。"在这些人连续不断地喊声中，树上的他慢慢开始恢复记忆，逐渐回想起了自己以前的经历。意识到了自己是人，看着早已烂掉衣服的光光的身体，他突然有了一种羞耻心，哧溜一下从树上滑下来，躲在了树后。

他被当即送往医院，医院对他进行了全面检查。最后，医生开出了补充营养的处方，让他在医院住了下来。

他告诉医生说自己有严重高血压、高血脂、高血糖，胰腺上还长有肿瘤。医生笑笑，和蔼地对他说："您放心，我们已对您的身体作了全面检查，我可以负责任地告诉您，您绝对没有这几种毛病，您就是太缺乏营养了，补充一段时间的营养就可以出院了。"

一年后的一次体检中，他又被查出患上了多种疾病，最严重的是高血压、高血脂、高血糖，胰腺长有肿瘤，医生怀疑那肿瘤可能是恶性的……

人 面 鸟

怎么就越来越多呢？他常衔一柄竹杆的黄铜烟袋锅，在夕阳滑下山去的意境里，吧嗒几口，嘟囔几句。烟末燃尽，在鞋底下使劲地磕几下，复装上旱烟末，又点上。在脸前的悠悠青烟里，向山下猛盯。

山下，干农活的人正陆续收工回家，悠悠的。

偶尔有羊群过去，牧羊人来到他身边，见他迷迷怔怔的，站定，问，张老三，什么越来越多？

过半天，见他似未听见，拔腿走去，也自语道，这人看山看傻了。

从年轻时就过上了看山的日子，不知不觉中，四十多年过去了，竟因此也未找上个女人过生活。以前，山林茂密，野兽出没，飞鸟不时地掠过蓝蓝的天空。眼下，除了山下的人多了以外，树、兽、鸟越来越少了，稀了。

在山下，一遇见人，他就问，人怎么就越来越多了呢？

看好你的山就行啦，别瞎操心了。人多了好啊，人烟旺盛啊。人说。

好……好？他睁着大眼，直直的，愣愣的，癔症着。

不好你别做人啊，不就少一个啦。人话里的刺亮起来，利起来。

他问，不做人做什么？

做狗做猪，做牛做马。人用手向周围一划拉。爱做啥就做啥呗。

他瑟缩着躲向一边。不，不好。

人皆哄堂大笑起来。

是的，人是太多了，是不能再做了。他紧紧地皱着眉头，心里认可。好似根本未看见人的反应。

头一点一点，上半身向前一倾一倾，腔撅得老长，上山去了。

沉默了几天，抽出了一大堆烟灰后，他觉得还是做一只鸟好。

谁知这么一想，他真的化作了一只鸟，飞上了天空。他很奇怪，怎么说飞就飞起来了。扭头一看，两个胳膊变成了两只翅膀，上面长出了长长的羽毛；两条腿也变成了鸟腿，细多了；且长出了尾羽。

　　他一边飞翔，一边想，这样也太好了，太好了，地上这么多人，如果人像我一样化作鸟，人不就少了。这样，鸟不就多了。

　　他感到年轻了许多，心里又朦朦胧胧的有了想找老伴的欲念。发现鸟类，他就飞去合群。但他一降临，鸟们就呼的一声，飞走了。他的高兴化作了苦恼。

　　这日，微风和煦，艳阳高照，他正在树林上空飞翔，猛听"嘭"的一声枪响，一缕青烟在不远处升起，"呱——"一声凄厉重重地摔在地上，美丽的鸟儿在地上抽搐，血正往地上渗，一片殷红。

　　他快速地向下飞去，想赶快帮帮这只受伤的鸟儿。

　　你、你……受伤的鸟惊恐地张大眼睛，里面满是恐惧。

　　别怕，我们是同类，我只想救你。他说。我是来救你的啊。

　　你怎么长了一张人脸？你是人装的。求求你快走开，别再伤害我啦。我不指望你救我。正是你们人类刚刚用枪打伤了我。

　　他脑子里一片空白，我怎么还是人啊，我不能要这张脸了。

　　你快走啊。受伤的鸟儿浑身哆嗦着，歇斯底里地吼了一声。

　　他只好飞了起来。

　　他发现，下面几个扛猎枪的人正在快速地向四处搜寻。一个人突然发现了他，你们快看，天上飞的是什么？一齐抬头，啊，鸟，人面的。我们发现了一种新玩意儿。

　　几管猎枪同时举了起来。

　　他看到，几只黑洞洞的枪口跟着他慢慢移动……

影子里

烈日很毒，天地间一丝风也没有。灼热炙得让人透不过气来。他攥着妈妈的手，感到妈妈的手心里也湿漉漉的。两人胳膊上的汗珠一串一串地淌下来，在拉在一起的手上汇流在一起，黏糊糊的。他实在喘不过气来了："妈妈，我热。"

妈妈显得愁眉不展，停下脚步，向四周看看，周围实在是没有一点遮阳的地方："儿子，忍一忍吧，这里实在没有凉快的地方。"

"不，我不嘛。"他捋了捋额前的湿发，顺手抹掉脸上的汗水，向地上甩甩。

妈妈的衣服都湿透了，脸红红的，看到儿子热得难受的样子，皱着眉头想了半天，终于笑了："好啦，儿子。"

她站在地上，把他拉在自己的影子里，用自己的身体挡住儿子："凉快了吧?"

"嗯。"儿子笑了，尽管他的脸上汗水仍溜溜地往下淌，但不再嚷嚷热了。

停下后，她感到热得更厉害了。只要儿子高兴，自己热点又有什么呢。她还是舒心地笑了。

从此以后，儿子竟然经常和她做这个游戏。

"妈妈，我上你的影子里。"他喊。

"好，儿子。"不论她正在干什么，总是立即来到儿子跟前。

有时她也不耐烦："你这孩子，是什么意思?"

"不嘛，我就让你挡着嘛。"

儿子一撒娇，她就立即站到太阳地里，让孩子站在她的影子里。

到了冬天，儿子竟然还拉着她，要站在她的影子里。

她感到儿子有点不正常，就不想理他。可一不满足儿子的要求，儿子就又哭又闹。人们就劝她：

"孩子小，怎么能跟他一般见识？"

"不就是玩玩嘛，快别难为孩子。"

在人们的劝说下，她就又站在了凛冽的寒风里，让儿子钻在她身边矮矮的影子里，直到儿子自愿走出来。尽管冻得脸红手肿，腿脚麻木，一看到儿子被冷风吹得通红的脸上充满兴奋神情，她也就忘了冷，忘了生气。

就这样，儿子逐渐长大了。

长大了的儿子，却还是常常爱站在她的影子里。只是不再向她撒娇了，而是在她不注意的时候，悄悄地就站在了她的身旁。

有时，她会被吓得猛一哆嗦："你这个孩子，这是干什么？"

儿子轻轻一笑，继续站在那里一动不动。

儿子有时站在灯光照出的她的影子里，有时站在阳光映出的她的影子里。

"唉——"她摇摇头，轻轻地叹一口气。

有时，她也发愁，但一向人们诉说，人们就说："这不算什么毛病，从小习惯了就是啦。"

她说："儿子，你这么大了，是个大人了啊，怎么还好站在我的影子里，你不觉得这是个坏毛病吗？"

儿子无声地笑笑，有点腼腆："妈，我也不知道为什么，总是不自觉的就这样了。"

对此，她只有苦笑："你应该改掉它呀。"

但这根本是不可能的。她的儿子参加工作了，她认为儿子能改了。

可是，不久，儿子单位的领导就来见她了："您的孩子，工作很能干，团结同志，同志们对他评价不低。可就是对领导尊重不够，冷不丁就跑到领导跟前站在那里发愣，让人不舒服。这样，有时也影响工作。我这算是一次家访吧。单位要搞改革，一部分人要下岗。我们怕对他有影响啊。"

她知道，儿子是在向领导的影子里钻。

她感到问题严重了，就又认真地与儿子谈了一次。儿子还是轻轻地笑笑："我也想改，可不知为什么，就是改不了。"

正在这时，有人为儿子介绍了一个对象，姑娘长得非常漂亮，对儿子也很有好感，于是，二人就经常约会。

见面的时候，他总是走在前头，一直走到影子里才会停下，有时是树影里，有时是墙影里。然后就能与姑娘侃侃而谈，谈吐优雅，幽默风趣。一旦没有影子可去时，他就像变了一个人，显得木讷，愚笨，反应迟钝。有时姑娘与他说了半天话，他都无动于衷。过一会儿，他就会在姑娘站起来的时候，立即钻到姑娘的影子里。姑娘还认为他要有所表示呢，眼睛微闭，期待了半天，竟无动静。

只有在她的影子里，他才变得话语敏捷。姑娘的热情却逐渐地冷了下来。最后，她说："一个只能生活在别人影子里的人，让谁也受不了。"

他俩不长时间就吹了。

儿子爱钻影子的习惯越来越严重了，只要一见到有影子的地方，不论正干着什么，都会撇下，一头钻过去。平常干事情总是无精打采，但只要在影子里，就精神大振，做得又快又好。

对于儿子的生活方式和生活状态，当妈妈的越来越愁，又毫无办法。

一天，他走在路上，突然发现前面一片墙影子，就一头钻过去，正巧此时照出影子的那堵墙塌了，把他砸在了里面。

起 皮

　　她一下子焕发了青春。30 好几的人了，突然变得就像一个 20 左右的姑娘，走路时不自觉地就会蹦蹦跳跳的，嘴里会不时地哼着欢快的曲子。过去特别烦人的家务事也在不知不觉中干好了。

　　丈夫在厂里跑销售，经常不在家。刚开始的时候，她还感到很甜蜜，真正体会到了久别胜新婚的味道。时间长了，就产生了耐不住的寂寞。

　　不知不觉中，她和本单位的伟好上了。初始，和伟如胶似漆地甜蜜一阵后，她总有一种犯罪的感觉。但不久，就过去了。几天不和伟见见面，亲热一番，就像丢了魂一般。

　　不久，丈夫回来了。尽管甜蜜感立即消失了，她还是又全身心地投入到丈夫的怀抱里，再也不理伟。

　　丈夫在家待了一个星期，又走了。过了没有几天，她忍不住又把伟约到家里，偷偷地在一起过夜。

　　这天，丈夫又回来了。一进门，就把她拥在了怀里，急不可耐地吻她："亲爱的，我爱你。"

　　她哆嗦了一下。她提心吊胆地看了一眼丈夫，发现他根本没注意到她的这一点，才稍稍放下了心。

　　丈夫急急地把她拥上了床。开始她很被动，但在丈夫的爱抚下，她逐渐走向和谐，沉浸在甜蜜里。

　　两人眼看就要达到爱的极点时，她突然听到一种细碎的声音，睁开眼睛看看周围，又没有一点动静了。显然，丈夫感到了她的异常，停了下来："怎么啦？"

　　"没，没什么。"她又闭上了眼睛。

丈夫刚刚又进入角色，她又听到了那种细微的声音，睁开了眼睛，并且转头四下里寻找起来。

"到底是怎么回事啊，你?"丈夫不解地看着她。

她不吭声，继续扭头向四处寻找。突然，她瞪大了眼睛，脸上露出惊恐的神色。她看到房子的天花板上一个地方起了一层皮，并裂开了一道缝。

丈夫的热情彻底消失了。

她指指天花板，不无歉意地说:"你看顶上——"

丈夫顺着她指的方向看去，什么也没发现:"看什么?"

"起皮了，还裂了一道缝。"她仍固执地伸着胳膊，用右手食指指着天花板。

丈夫奇怪地看她一眼，又把眼光投向天花板，仍没看到她说的现象。

丈夫在家又待了7天，他俩没过一次成功的夫妻生活。每次都是这样，在关键时候她总是听到那种奇怪的声音，并看到天花板上起皮，裂纹。而他却看不到。他知道，她是故意找借口，不与他过夫妻生活罢了。

丈夫感到，他们的夫妻关系是难以维持下去了。临出发前就问她:"咱们是不是该分手啦?"

她沉思了一阵，认真地点了点头。

接着，他们就去办理了手续，平平静静地分了手。

不久她就与伟结合了。

新婚之夜，在装饰一新的卧室里，正当他俩的幸福就要到达顶点时，她又听到了一阵窸窸窣窣的声音。她的激情又一下子消失了，眼睛睁得大大的。

伟也停住了:"怎么?"

她惊恐地说:"你听——"

"听什么?"

"有一种奇怪的声音。"

"没有啊。"

她仔细地听听，真的什么动静也没有。

他们再次开始时，她又听到了那奇怪的声音，只好又停下来。

她把灯开亮，眼光仔细地在墙上寻找。

伟在一边焦急地问:"你找什么呀?"

"声音。"

"什么，你找声音？"

她不理他，眼睛继续向四下里寻找。他只好怔怔地待在一边，什么也不说了。

突然，她惊喜地叫道："找到了，找到了。"

他不解地看着她。

她突然又神情黯然了："你看墙上起皮了，还裂了一道缝。"

"刚装修的房子怎么会这样呢？"他认真看了一眼，"你说的缝在哪里？"

她奇怪地看了他一眼："你怎么啦？那不是吗？"

他又看了一圈，还是没看到什么。他把她揽过来，轻轻地抚摸着她的头发："亲爱的，别紧张，别再想以前的事了，好吗？"

她生气了："你，你这是什么话？你不相信我？"

"不是，"他继续爱抚着她，"墙好好的，绝对没有什么缝。就是有缝，我们也不用管它，管它干什么。"

她想想也是，于是就不管了。

可是，他们的夫妻生活怎么也和谐不了，一到关键时候，她就会看到墙上起皮，裂纹，她也不知是真是假，因为伟从来没有承认过看到了这种现象。

不久，他们也分手了。

尾 巴

　　王二麻撇撇嘴，转身走开了。和他打招呼的人一愣，讪讪地站了一会儿："嗨嗨，这……"

　　王二麻本来就不怎么爱说话，现在他感到更不想说话了。生活整天紧紧张张的，王二麻为每天说很多无用的话而苦恼。见了面不是问"吃了？"就是说"你说说，天怎么又变冷了？"有意思吗？真是没话找话！

　　这天在路上，碰到一个在官场上混得很得意的同学，他想赶紧躲开，以便不费口舌。谁承想，这同学非要亲切一回，快步走过来笑眯眯地做亲切状："王二麻。"王二麻只好被动地答应着："哦，哦。""你这是到哪去啊？"王二麻心里一阵翻腾，眼睛向一边睃么起来。看他心不在焉的样子，当官的同学继续自己找台阶："你们文人厉害啊，最近又有什么大作？"王二麻看他一副高人一等的样子，心里突然一阵翻腾，"呕呕"地干哕起来。看他逐渐平息下来，同学又开始絮聒起来："那天看了谁谁写的诗，我怎么看不出什么好来？"王二麻直起腰，抹了一把双眼，把干呕时流出的眼泪擦掉，冷冷地说道："你们官人就知道不学无术，吃喝嫖赌，懂得什么诗啊，看不懂很正常的。"同学一下噎住了，白眼珠翻上去半天没有下来。后来自己有事需要找这个同学，结果人家再也不理自己了。

　　没用的话不想说，说有用的话又得罪人，所以王二麻就不想说话了。

　　怎么才能避免说话呢？

　　有天在他饭后散步时，看到一只狗慢慢地踮着四蹄往前小跑着，他抬眼一看，原来是对面也来了一只狗，同样悠闲地踮着四蹄迎过来，两只狗就这么相向走着，最终面对面站住了。王二麻的眼光始终盯着它们，两只狗张着嘴喘粗气，伸着的舌头一动不动，它们看都不看对方一眼，王二麻正在疑惑着，只见一只狗慢慢把尾巴竖了起来，慢慢摇了几摇，眼睛直直地看着另一只狗。对面那只狗也抬起头来，尾巴也撅起来，轻轻晃动起来。就这样，两只狗用尾巴交流了一会儿，就平静地分手了。看着这两只狗分散走开，王二麻心里一动，尾骨处一阵发麻，似有一股热流在膨胀着，他用手摸了摸，就没有什么感觉了。他正在痴痴地站着，迎面走过来一个熟人。

熟人到了跟前，王二麻才有了反应，想躲开是不可能的了，只好继续愣怔着，他没有话可说所以就不想张口，可熟人先开口了："逛逛？"

不逛逛我上这里来干什么？你说你问的有什么意思？王二麻尴尬地站着，神情木木的，脸上的肌肉好似石头刻出来的，一动不动。熟人有些奇怪，眼珠一动不动地盯着他，慢慢地脸上的笑容挂不住了，眼中流露出的不高兴浓起来。王二麻感到有一种冷飕飕的感觉，就想赶紧应付一下，进行补救。可是他的嘴张开了，但发不出声音。他把意思说完了，但熟人只看到他张合了几次嘴并没说话，也没听到声音，就开始惊恐起来，身子不由自主地往后退开了一段距离。王二麻自己也感到奇怪，自己怎么突然不会说话了？熟人又后退了几步，转过身去快速离开了。

王二麻愣愣地站在路边，心里嘟囔着，我们人啊，连狗都不如。狗不说无用的话，有用的话也不用说只摇尾巴就行了。不说话也就得罪不了人啦，狗用尾巴打招呼省却了多少事儿啊，人得向狗学习。想到这里他的尾骨处又是一阵发热，几节骨头出现了一种酸麻感，他再次伸过手去，摸摸自己的尾骨末端，想我要是也长出尾巴来，就可以用尾巴和别人打招呼了，那样就省事儿了。对对对，还是赶快长出一条尾巴来吧。他竟有一种神圣感，好似做了一次祈祷似的。这么一阵折腾，王二麻感到自己的尾骨真的在加长，他本来想继续散散步的，可尾骨末端的皮肤有了一种撑胀，走路时有一种摩擦感，和裤子一接触都感到疼了，于是转身回了家。

第二天早上醒来，王二麻看到自己的枕头下边有一团毛烘烘的东西差不多都顶到自己的鼻子了。他一惊，顺手一拽。啊，一阵疼痛感迅速分散到了全身，竟然连接着自己的尾骨。他慢慢用手往下捋去，竟然就是一条长长的尾巴，自己真的长出来了一条毛茸茸的尾巴了。太好了，我再也不用为应付和别人说话而犯愁了，以后我就用尾巴和别人打招呼了。

起床时，王二麻把自己的裤子精心改造了一下，在后腔位置弄出一个小孔，好让尾巴顺利地伸出来，又不至于让人看见自己的屁股，他穿上走到镜子跟前，转过头看了一下感到很满意，因为再也不用与别人多费口舌了，就心情轻松地走出了家门。

刚下楼，一个平时知道他因为不爱说话的而从不主动打招呼的邻居，用手指着他的尾巴，开口问他："王二麻，你这是演的哪一出啊?"

王二麻并不接话，走上前去，把尾巴使劲摇晃了几下，就迈步向前走。

可邻居并不买账，走上前来，拉住他的胳膊，继续追问着他："你说话啊，不说话我怎么知道是咋回事儿啊!"

他又摇摇尾巴，看邻居还要继续纠缠，甩开胳膊赶紧跑了。

一路上，认识的不认识的都走上前来和他说话，问这问那，他摇尾巴，人们更是不算完，问不清楚绝不放他走……

 # 换 脑

张局长感到自己的精力大不如前，很苦恼。

看着局里的青年欧阳整天生活得无忧无虑，精力过剩，局长张就有了那个想法。有一天，他叫住了欧阳。欧阳答应得很干脆："领导决定，我就办。"他回家与老婆一说，老婆害怕了："真换了，你还是你吗？"

"不就是换换脑子嘛，怎么就不是我了！眼睛不是，鼻子不是，还是胳膊腿不是了？"局长张看老婆没意见，就又坏笑着，"换成年轻人的脑子，说不定我还焕发了青春呢。"

几天后，他与欧阳一起来到医院的颅脑科，顺利地做了换脑手术。

出院后，张局长来到办公室上班，就像换了一个人一样。过去，除了见到顶头上司外，他从来不主动与人打招呼。这次，一进门，他就与正在打扫卫生的小刘说话："小刘，来的这么早啊。"

小刘在办公室快一年了，从未经历这样的场景，一时手脚都没处放了，嗫嚅了半天才问道："张局长，您也这么早啊？"

局长张一边说着话，一边拿起拖把，在办公室里拖起地来："小刘，对不起啊，我来晚了。"

"您这说哪里话，是我来晚了。"小刘吓得不轻，赶忙作检讨，"我以后改。"

张局长感到好笑，不理他了。

在他俩打扫完卫生的同时，人们都陆续来上班了。局长张谦恭地与人们打着招呼，很亲切。人们发现，倒是欧阳趾高气扬地夹着包姗姗来迟。

在上班时，局长张经常地到各个办公室里转转，见暖瓶空了，就转身提来热水，人们与他夺，他就生气地说："争什么，这是我应该干的。"

人们不好意思了："您是局长，怎么能干这样的活？"

张赶紧制止："千万别这么说。我与你们一样，不都是普通的人？"

没别的事的时候，他就在办公室天南海北地扯一会儿，甚至有时还与人们偷着打上把扑克。

时间长了，人们就习惯了，都感到局长平易近人，整个局里融洽多了，气象一新。

倒是欧阳显得与人格格不入，甚至突然就冒出一句噎人的话来："上班时间，不许闲谈，更不许打扑克。"

人们都像没听到一样，不理他。

欧阳气愤地说："你们简直是目无领导。"

"哈哈哈，你以为你是谁，当上领导后再摆你的臭谱吧。"人们嘲笑过后，还不忘教训他，"你就是当上了领导，也得向咱们的局长学习。"

张局长却与众不同，每见到欧阳，总是很客气，"您早""您好""您吃了"是经常挂在嘴边的。

可是，人们发现，欧阳有点不近人情了，对局长爱搭理不搭理的。

张局长并不计较，反而更尊重他："上级来了文，要咱们局报个先进工作者，您看报谁合适？"

有时更像请示："上级来电话，让您去开局长会，什么时候走，我好安排车。"

没等张局长说完，人们就劝："开局长会，您不去不太好吧。"

他就拍拍头："哦，我去，我得去。"

"开局长会，就得我去。"欧阳气得乱翻白眼，吼着。

"神经病。"人们小声咕哝着，掩嘴而笑。

散会后，张局长往家赶去。他在会间听到一个消息，由于都反映他与群众同甘共苦，平易近人，工作努力，威信很高，最近要被提拔了。他想早一点告诉老婆这个消息。

不好，刚到门口，就听家里有动静，他快步走进去，就见欧阳正对老婆非理："亲爱的，我才是你的男人呢。"

老婆呢喃着："老张回来了，快放手。"

他愣了一会儿，转身走向门外。接着，欧阳也走了。

老婆过来："你怎么了？"

见他畏缩着，老婆气道："还焕发青春呢，你看你这样子，哪有一点男人味！"

"我……"他更没精神了。

病

方医生从赵老太太手中接过透视单和细胞病理化验结果看了一眼，尽管脸上异常平静，但心里还是起了一丝波澜。不到 60 岁就得了这种病，千万别扩散了。他怀着一丝希望，让赵老太太向前坐了一点，两手在老太太脖颈上摸了摸。啊，已经扩散到淋巴结上了，顶多还能活 3 个月。作为一个经验丰富的医生，他知道，现代医学对赵老太太已无能为力了。

方医生沉默了一会儿，平静地问道："家中人怎么没有陪你来的啊？"

赵老太太脸上露出一丝苦涩的神情："小病小灾的，还用陪啊。"

方医生又考虑了一下，告诉她说："你没有什么病啊，回去想吃点什么就弄点什么吃，好好养一养就行了。"

"嗨，谢天谢地。"老太太一下子松了一口气，"那俺也不用拿药了，俺走啦。"

方医生看到老太太轻松的神情，犹豫了一下的工夫，老太太已经转身走了出去。

三年后的一天，方医生随送医下乡医疗队来到了阳都李村出诊，群众对他们的热情特别高，来找他们看病的人摩肩接踵。

突然，方医生的眼光变直了。他怎么也难以相信，赵老太太竟扶着另一老太太来到了方医生的诊疗桌前。他判定只能活三个月的那位老太太，三年后竟然身体棒棒地领着别人来看病！

医生这个职业使方医生产生了好奇。奇迹啊，真是奇迹！方医生在给老太太看完病后，把赵老太太留下了："你三年前找我看过病，你还记得吗？"

赵老太太揉了揉有些昏花的双眼，仔细瞅了半天："噢，方大夫啊。"

"对，对，"方医生热情地问，"你身体怎么样啊？"

"还很壮实，从那次你给我看病以后，我没得一次病，没吃一片药，棒着呢。"老太太很高兴，身体也的确是很结实。

"哎呀，真是奇迹！你知道吗？当时你是得了胃癌，检查时已经扩散了。我认为，说句不中听的话，当时我认为，你最多只能活三个月。为了安慰你，我才没告诉你实情啊。"方医生一兴奋，竟什么顾忌也没有地说了起来。在他的医生生涯中，对病人讲这么多话还是头一次。

"啊，癌?!"赵老太太一下子吓黄了脸。

方医生说："老太太，你的病这回肯定是好啦，你创造了一个人间奇迹啊。"

方医生热情地说："来，让我再给你查查。"

不一会儿，赵老太太神色黯然地拿着透视结果又来到方医生面前。方医生急不可待地接了过来，一看，胃上的溃疡面比三年前略小了一些。又摸了摸她脖颈周围的淋巴结，发现淋巴结上仍有许多癌细胞，不自觉地发出了声："咦，怪了。"

"怎么——"老太太紧张地逼视着方医生。

方医生发现了自己的失态，赶紧说道："没什么，没什么。"尽管嘴上说没什么，可心里还是感到奇怪，"这里没法做细胞病理检查，请你最近来医院找我，再做一次检查吧。"

"为什么?"赵老太太的神情更振作不起来了，"方医生你是说我的癌还在长着呢?"

"还不能这么说。"方医生感到有些唐突了，安慰她道，"得等认真检查后才能做结论。"

望着老太太慢慢蹭着远去的身影，方医生感到有点担心，但更多的是惊奇，为什么她的胃癌一点也没有发展，从胃上的情况看，竟然已有好转！

三个月过去了，方医生没见老太太来医院找他看病。于是他抽一个双休日带着做胃镜检查的工具独自又来到了李村，他准备认真为赵老太太查一查，说不定能在征服癌症的道路上作出自己的一份贡献呢。

在村口，一老头问方医生："你说你找赵老妈妈那个绝户头啊?"

"噢，原来赵老太太是个无儿无女的独身老女人?"方医生知道，在阳都，人们管这样的人叫绝户头，但绝户头这三个字在这里绝对没有贬义。

"唉，这个女人一辈子没病没灾的，上次来了个混账方医生硬说她得了胃癌。那个混蛋医生走后，不到一个月，活生生的一个人竟真的死了。这个混账方医生，真是造孽哟。"

方医生眼前一黑，脑子里空茫茫一片，转身走去。他模模糊糊地听到后面那个老头说道："这个人是不是有什么病啊。"

羞涩的笑

他盯着洗出的第 101 张相片，摇摇头，无可奈何地笑笑，起身走出了暗房。

他是一个摄影爱好者，拍的相片在全国得过大奖，已经小有名气。

最近，一家摄影杂志向他约稿，让他拍一张以《羞涩的笑》为题的相片。当时，约稿的编辑开玩笑地对他说，城里已太开放了，少女们只会开怀大笑，绝对不可能拍出切题的作品来。建议他到乡下走走，兴许能有收获。

当时，他还不相信。在城里拍了许多，结果没有一张满意的。相片可以命名为开心的笑、做作的笑、轻浮的笑等，就是不能叫"羞涩的笑"。

许多女孩甚至反问他："羞涩，就是害羞吧？事儿我愿意干就干，不愿干就不干，有什么好害羞的？"

"平常都是想笑就尽情地笑，什么是羞涩的笑，我们不懂啊。"

有个别的甚至问得他本人露出了羞涩的笑："都什么时代了，你是不是想找处女啊？"

他哭笑不得，生气地说："我找处女干什么？我找羞涩的笑！"

"这人是不是神经有毛病啊。"女孩们大声地笑着走开了。

费了那么多事，生了那么多气，拍的照片竟无一可用，他只好按照编辑的建议，到乡下找题材了。

一来到乡下，他就感到空气是那么新鲜，花草树木是那么干净，视野是那么开阔，绝没有城里的尘灰飞扬，更没有城里的狭窄和拥挤，他的心情一下变好了。

张罗着住下，休息了一下，他就又着手工作了。

这次，他决定尽量多地搞抓拍，以此出效果，所以整天脖子里挂着照相机在几个村子里转悠。

几天过去了，他竟也没拍到一张满意的作品。农村女孩的笑，也都变得大胆而开朗，根本找不到抿着小嘴，无声而羞涩地笑了。

后来，他只好又找了一些农村少女来排练，他先给她们认真地进行讲解："姑娘们，咱们要拍的照片是要上书本子的，是一种又害羞又幸福、想笑又没有笑出声来的很自然的笑。谁笑的好就选谁的往杂志上登，最好的可登在杂志的封面上，那可就出名了。"

先是一个穿着朴素、细高挑、黑中透红的瓜子脸，勇敢地走上前来，大大方方地说："哎，俺试试，真当了大明星的话，俺先跟那份子算完，上城里找个好的。"

另几个姑娘就在一边起哄："对啊，可在这熊破庄里呆够了，那敢情好。"

"还羞涩的笑，怎么寻思来。"

"什么年头了啊，现在还有让人害羞的事儿？"

摆弄了又一整天，也拍了不少的胶片，但没有一个他觉得满意的。

为了保险，他又在农村的集市上转了几天，又拍了一些少女的笑，才回到城里。

谁承想，他把一共101张底片洗出来后，里面竟然挑不出一张满意的相片。

他的心情不好，气得一边走着一边乱甩手，毫无目的。尘土飞扬的大街上，排着含铅气体的汽车、摩托车在飞蹿。满脸灰土的人们都急匆匆地走着。这让他的心情感到更加压抑了。

使劲抿了抿嘴唇，他拐进了一条小巷，继续沮丧地走着。

车辆变少了，人也少了，空气新鲜了一些。他走得有点疲惫了，就在一座三层楼下的阴凉处坐了下来。

楼上很安静，他的目光在地上毫无目的地游移。突然，他的眼睛亮了，他看到地上有一张相片。他快速地走过去，拾了起来。啊，是一张黑白照片，好像才拍了不长时间。真是踏破铁鞋无觅处，得来全不费工夫！上面有一个20岁左右的少女，正文静地笑着，两只大眼睛明亮而有神，腮边两个浅浅的酒窝也拍得非常清晰，肩前搭着一条又长又黑的粗辫子，她的笑正可命名为"羞涩的笑"！

他高兴地跳了起来，快速地向楼上跑去，他找遍了各层楼，最后只三楼上有一家开着门，他走了过去，敲了敲门，里面走出一个50多岁的妇女："您找谁？"

他指着手中的相片，激动地有点语无伦次："您，请问，这张照片上的人住这楼吗？"

"你从哪儿弄来的？"这女人一下子变冷淡了。

"哦，是这样的。"他详细地跟她解释了一遍，最后说，"我想为这少女拍一下，交给杂志发表。"

她笑了："你先看看我，再看相片。"

他这才注意到，照片上的少女真的很像这个妇女："哦，我明白了，她是您女儿。"

"进屋坐吧。"她引他进了门，指指相框上的照片，"上面的彩照才是我女儿的。"

"那……"

"是我过去的照片。"她诙谐地指指自己，露出一种羞涩的笑，"今天我休班，拾掇了一下，在阳台上晾着来，可能是叫风吹下去的。"

她又说："现在的姑娘就知道裂着个大嘴哈哈，还真的都不会这么笑啦。"

他实在没法了："发这张吧？"

"哈哈哈，我什么年纪啦。你快还给我吧，过时的东西啦。"

他只好怅然离去。

他最终没完成编辑交待的任务。

 # 逃回地球

　　突然，门外响起一阵急促的敲门声，老贾夫妇交换了一下眼神，妻子起身走向门口，用猫眼向外一看，"哎哟"一声就猛然拉开了大门，"我的儿啊，怎么是你回来了？"

　　老贾在座位上也同时看到了离家三个多月的儿子已站在门口！离开这么短的时间，儿子的模样竟然产生了很大的变化。瘦了，脸色也已变得蜡黄蜡黄的，一副病容。他问道："你这是怎么了？"

　　儿子学习成绩一向优秀，在前一段时间地球方面与在宇宙深处发现不久的 K 星球的交往中，作为首批十位地球人被派往那里留学。K 星球与地球自然环境基本相同，那里有高度发达的文明。儿子他们被派往 K 星球的新闻，也绝对是爆炸级的，十个人成了像 K 星球一样熠熠闪光的公众人物。老贾夫妇也成了教子有方的典型，多次接受采访。

　　儿子的呼吸好像不顺畅起来，不急着往室内走了，转过身去，踉踉跄跄快步走到楼梯处的窗口前，猛地拉开玻璃窗，将头伸向外面，大口呼吸起来。

　　窗外的空气阴暗浑浊，一阵阵难闻的气味和飘扬着的灰尘涌进了楼梯，眼看就要飘入室内，老贾夫妇皱着眉头，疑惑地看着儿子，赶紧轻轻掩上了身后的房门。

　　吸进了大量的浑浊空气后，儿子又恢复到了顺畅的呼吸状态，这才走进门来。

　　"怎么这么快就回来啦？"老贾夫妇又急切地问道。

　　原来，这十位地球青年登上 K 星球不久，就出现了一种可怕的反应，有三个发生昏厥，其他七人也发生了不同情况的呼吸异常。昏厥的三位被送入医院不久就死亡了，另外七人也被留在了医院。K 星球的医生赶紧对三具尸体进行了解剖，竟然全是肺破裂造成大出血而死亡的。

　　"啊，到底是怎么回事啊？"夫妻俩都张大了嘴巴，眼睛也瞪了起来。

　　儿子却又呼吸不顺了，跑到窗口，拉开客厅的窗子，对着外面大口喘

息起来。老贾夫妇愣在那里，不知如何是好了。但儿子呼吸一阵污浊空气后，说话又流畅起来："医生发现他们三人的肺部长满了一块块硬痂，破裂是在硬痂和软组织结合处发生的。经过医生们多方会诊，才找出他们的发病原因。对我们另外七个病人也才有了针对性的治疗措施。"

地球人呼吸了被污染的空气后，不同程度地发生肺部软组织病变，出现硬化结痂。但由于经过多代遗传积淀，已经形成抵抗力，呼吸着地球上的浑浊空气已经适应，不会出现病状。可去到空气绝对洁净的 K 星球以后，由呼吸被污染的空气一下子改为呼吸新鲜的空气，反差太大了，纯净空气激发了没有发生病变的肺叶组织的空前活力，而发生病变的结痂却毫无反应，所以就发生了大出血现象。

儿子归纳说："也就是说，他们是被清新的空气夺去了性命。"

老贾夫妇的嘴巴倒是合上了，但眼睛睁得更大了："竟有这等事！"

儿子却并不理会夫妻俩的惊奇，接着说了下去。

"胸闷，胸部不断往外鼓胀着，难受得要死。那时我才真正体会到了什么叫生不如死的感觉。"儿子说到这里，又跑去呼吸污浊气体去了。

等儿子转过头来，夫妻俩看到，他面容上那病态好像消失了一些。

好在 K 星球的医生已有了一个解决办法，那就是花费巨额资金，制造出一种和地球空气接近的有毒气体，不断释放到他们的隔离病房中去。经过改为呼吸这种气体后，他们的呼吸状况大为改善，逐步恢复了活力。后来，医生们制定了更科学的治疗方案，决定在制造的气体中慢慢减少有毒物质，让这些地球人慢慢过渡到能逐渐呼吸新鲜空气，等能适应呼吸 K 星球的空气后，再放他们出来进行学习。

"预计十年后，我们才能和 K 星球人一起生活。"儿子皱了皱眉头，长叹一声，"在被隔离状态下生活十年，那要不了命啊。"说到这里，把脚一跺，"所以，我找了个机会，偷偷溜出隔离室，驾着一艘飞船跑回来了。"

儿子可能活动量大了，所以又不舒服起来，走到窗口一边呼吸一边解释："他们制造的那种气体不地道，充满了机器和人工气息，哪有我们这里的空气这种自然生态的味道。爸妈，你们不用瞪我，我过几天可能就适应了，那时可能就不用敞开窗子了，仅在室外呼吸的就够了。现在不行，现在需要使劲补一下啊。相信儿子吧，不久的将来就会去掉在 K 星球生活造成的不适应重新融入地球人的生活。"

老贾夫妇面面相觑，一句话也说不出来……

机器时代

　　小丽回到家门口，开门机自动走过来，从她身上拿出钥匙，为她快速打开房门，并把钥匙重新挂回到她身上放置钥匙的地方。小丽款款跨进门槛，关门机从里面轻轻为她拉上了门。

　　小丽是一个年轻的媳妇，喜欢过新鲜刺激的生活，这和她的出身有关。作为新新人类，又是独生子女，她从小生活无忧，基本上过的是衣来伸手饭来张口的生活。她想要什么，父母总是满足她的要求。她从小就表现出对新鲜事物的浓厚兴趣。比如她很小的时候，就曾一边弯腰穿鞋一边天真地问父母："要是有替我穿鞋的机器，那该多好啊。"父母高兴地夸奖她："有丰富的想象力，只要好好学习，长大了你自己完全可以搞这样的发明啊。"她会嗫嚅着说："要是我发明不出来那可怎么办啊?"父母一齐安慰她："那有什么要紧，你发明不出来别人会发明出来啊，咱有钱用钱买就是了。"还别说，她刚结婚不久，世界上真的出现了换鞋机。她硬拉着丈夫，到商店买回来，成了第一批用上这种最新产品的客户之一。

　　这不，随着门的关上，她把脚往换鞋机上一放，换鞋机只发出几声轻微的窸窣声，小丽脚上就换上舒适的拖鞋了。

　　丈夫下午有应酬，说好不回来吃饭的，小丽就没有急着进厨房，而是在沙发上坐了下来。自动开窗机为她打开窗子，室内空气流动起来，室外空气进入房内，尽管不是很新鲜，但室内的那股闷气被对流了出去。

　　休息了一会儿，小丽准备简单弄点晚饭对付过去。她起身来到厨房，端锅机为她把锅放到炉灶上，倒油机替她往锅内倒入了适量的花生油，打蛋机为她打碎两个鸡蛋，并在油温恰到好处的时候放进了锅内，炒好后，煎馍机接着为她煎好了三片馒头片，端饭机为她把饭菜端到桌上。她在饭桌前坐下，喂饭机拿起筷子，先夹起一块煎鸡蛋放入她的口中，再拿起一块煎馒头片喂起她来……

婚后，她和丈夫约定暂时不要孩子，丈夫也很同意，于是两人的生活就这样安安静静地过了起来。

小丽生活很有规律，晚饭后先休息一会儿，然后到散步机上散步。说起购买这台散步机，也很有意思。家中的机器越来越多，空隙地方越来越少，她和丈夫说的时候，丈夫是不太同意的。但小丽说："你说的散步应到室外是有道理的，过去可不都是这么散步的吗？但现在是什么时代了，再那样散步就显得太落伍了。"丈夫知道小丽想办的事情他是阻挡不了的，所以就缴械投降，任由小丽了。

小丽始终觉得自己的决定是非常正确的，你看她走上散步机，机器就自动挪动起她的双腿来，她面前的几个仪表上分别显示着机器根据小丽当前情况为她确定的各种散步数据，她不仅不用动腿，更不用动脑，机器什么都为她准备好了。

到晚上九点，估计丈夫很快就会回来了，小丽来到狭窄的浴室，准备洗浴一下好早点休息。她钻过洗头机、梳头机、化妆机、拖地机、换气机、调温机、擦屁股机等高低机器组成的世界，来到洗澡机前。脱衣机为她脱掉身上的一件件衣物，洗澡机把水温调得恰到好处，为她精心洗浴起来，搓洗得轻重缓急非常适度。不知不觉间，擦干机已拿着毛巾，轻轻为她擦好了身。小丽只是把脚步挪动进了浴室，她什么也不用干，机器就为她做完了一切。

这种生活是小丽特别喜欢的，所以不让她购买各种机器是根本不可能的事情。

丈夫回来的时候，小丽已经躺在床上了。看到丈夫从窗前站立着的脱衣机、穿衣机、穿袜机、穿鞋机之间的缝隙里来到床前，小丽慢慢欠了欠身，招呼了一句："回来了？"丈夫在床沿坐下来，小丽想向前靠一靠，和丈夫亲热一下。可是她竟然斜着身子，僵坐在了那里，下一步的动作接续不上了。丈夫本来也有此意的，可一看小丽的样子，热情顿消，担心升起："怎么？"

小丽慢慢回过头去，看了一眼在床另一边的爱情机，只见所有指示灯都不亮，只好无奈地说道："可能是它出毛病了……"

丈夫走过去，照着这个冷冰冰的器械，狠狠地踹了一脚。

小丽抱怨道："你干什么，过天让维修人员来修理一下不就行了？"

小丽不知道，丈夫整个晚上没有合过眼皮，头脑中只是不停地展现着家中的一台台大大小小的机器。

第二天小丽起床时，丈夫不知为啥早已离去，她从各种机器缝隙里环视了一周，最终发现了丈夫留下的一张纸条，她赶紧拿了起来……

肉 食 人

他拄着拐杖在医院的院子里溜达着，想通过加强锻炼，赶紧治好自己的小腿骨折。正走着，突然从大屏幕上的新闻中看到，专家判断世上已经出现了肉食人！

开始，这一消息令他疑惑，周围的人也大都不明白什么是肉食人。接着，报纸、电视、网络等媒体上的消息铺天盖地，讨论得热火朝天起来。综合各种说法，他明白了这个概念是借鉴了"肉食鸡"一词新造出来的一个词语。这些年饲养的食用鸡因为饲料中含有大量激素，长得个大肉多，出棚迅速。可是这种鸡骨质松软，吃起来口感很差。现在所谓的肉食人，就是指长期食用了大量含有激素的各种食物的人。他们大腹便便，骨骼松脆，已经严重退化，不能干体力活，稍一用力就会出现骨折现象。他明白了，怪不得这些年来，周围的人几乎都出现过骨折，骨科医院越来越多，遍地都是！自己原来已经成了肉食人，自己的骨折竟然是食用了含有激素的食物造成的。

一夜没有睡，第二天早上感到浑身无力，医院提供的早饭端上来后，看到是一个鸡蛋一碗粥两片猪肉两个花卷，他想到这里面不知含有多少激素，更不知道含有多少有毒物质，心里就一阵翻腾，一点食欲也没有了。

他和妻子说了一声："不住院了，你去办理一下出院手续，咱赶紧回家。"

妻子一愣神，他马上大吼一声："去啊！"

回到家中，他拄着拐杖这里瞅瞅那里看看。最后和妻子说："我不想在这里住了，你想个办法，咱们到西边的大山里去找个地方住下，我到那里养伤去。"

妻子找来一辆车，两人就向西部奔去。他们这个县，西部大山连绵，很多住户前些年为了过上更加文明的生活都已迁出，现在显得更加荒凉了。他指挥着车尽量往山的深处开去，最后在山沟里找到了一间过去看山人居住的小矮房。上面的瓦还完好，门也还能遮风挡雨，他决定在这里住下来，养他的腿伤。

"这里不安全，生活也不方便啊。"妻子怕惹他生气，有些迟疑，吞吞吐吐的。

他摇摇拄着的拐杖："不是带来餐具和煤气灶了吗？有这些就足够了。赶紧拾掇房子，今天就住下来。"

从此，他拒绝任何人提供的食物，自己拄着拐杖在山野里采野果，拔野菜，就这样一顿顿地糊弄着，妻子怎么劝也白搭，劝急了他就会大吼："我要尽快脱离肉食人，成为一个正常人！"妻子只好顺着他，盼望早日养好伤，然后再作打算。

好在山里空气好，为了寻找食物活动得又多，他的伤倒是很快就好了。

伤好后，他劝妻子回县城上班去，决定自己继续留下来，他说："我要在这里开荒种田，喂养猪狗鸡鸭，你别再去购买那些不放心食品了，以后由我供应就是了。"

妻子很矛盾，但知道他说的有道理，也就认可了他的决定："身体要紧，你的工作不干就不干吧。"

几年后，在县城里的妻子因工厂发生爆炸事故去世，他就在山里长久居住下来。时间长了，人们对他逐渐淡忘，连他的亲属也想不起来还有他这么个人。

又过了二十多年，城里纷纷传说西部大山里发现了野人。他消息闭塞，并不知道人们已经把他当成了野人，依旧自得其乐、优哉游哉地过着自得的生活。人们组织起一个野人考察队，准备开始对他进行围追堵截。

这天上午，山风和煦，阳光很好，他正在山林深处想寻找野兔打打牙祭，远处突然就围上来了一些人，眼看就要对他形成包围圈，他不知道这些人想干什么，就想大声问问他们，可他在山里生活时间太久了，已经忘记了如何发音，所以光张嘴就是发不出声音来，只好抬腿就跑。

"野人，野人。"

"快追快追，抓住野人可是了不起的大事。"

听到这些人的喧嚣声，他在心里耻笑道："你们这些肉食人，竟把我这正常人当成野人，不和你们玩了，赶紧走！"

　　不一会儿，那些追他的人就开始出现骨折，不时发出"啊哟啊哟"的呻吟声。

　　他走得太快了，那些人追不上。

　　他在远处停下，突然涌起一股忧伤，眼睛里泪水哗哗往下流着，眼光从这些追他的人慢慢移向头顶上那片蔚蓝的天空……

拿掉面具

"空洞补好了，污染消除了，环境变好了，空气新鲜了。"人们奔走相告，载歌载舞着。

十八岁的少女厉娜，夹在狂欢的人群中，脚步慢慢地停了下来。

由于这些年来地球上的车辆越来越多，排放的尾气直接影响了大气层的结构，再加上各种污染，大气层中出现了大小不一的臭氧空洞，阳光中的有害射线直接照射到地球上，对人体产生了非常严重的危害。人类自己制造的很多有害物质，散布在空气中，对人的皮肤不断进行侵害，稍不注意就会到毁容的程度，而吸入腹中的也会置人于死地。所以多年来，人们全都戴上了一个面具，才安逸地生活了下来。好在科学昌明、技术发达，面具上安装的空气过滤装置一点也看不出来，所以并不影响人的形象。厉娜从出生到现在一直没有离开过面具，还从来没有素面朝天一次。

厉娜通过反复观察发现，现代人制造面具的水平很高，和每个人的本来面目丝毫不差，也就是说人类安装上面具以后，各人还是各人的相貌，脸部的长相和本来的自己惟妙惟肖。但一个最重要的问题是戴着面具的肌肉不会动弹，脸上永远不会出现皱纹，表情不自然，很是呆板的。

她是个爱美的女孩，从网络上多次浏览过历史上人类不戴面具时的形象，非常向往自己有朝一日也能拿下脸上的面具，像古人那样生活着。

所以厉娜成了狂欢的人群中第一个停下脚步的人。

她看了一眼周围的人们，慢慢走出人群，来到一棵正在逐渐恢复生机的大树下面，扶着树干淌下了泪水来。

突然意识到了什么似的，快速扯下手上戴了整整十八年的防辐射手套，狠狠地扔向远处。她看着被捂得白渗渗的手，眼泪流淌得更厉害了。

她用自己的真正的实在的双手慢慢摸了摸面颊，手的感觉就像仍带着手套，她一哆嗦又看看自己的手，才回过神来，自己的手没有接触到脸上的皮肤，这种感觉是面具造成的。她想马上拿掉面具，开始素面朝天，以自己的真实面目生活起来。可是，摸索了半天却无从下手。

她快速回到家中，打开电脑，在上面发出了一个询问怎样拿掉面具的帖子。网友们反映强烈，但谁都不知道这个问题应该怎样解决。最后，厉娜只好来到了医院。

"来找我们就对了，"医生们说，"面具戴时间长了，就和人的皮肤长到一起了，不经过手术是没法剥离的。"

厉娜毫不犹豫："那我现在就要求拿掉面具恢复本来面目，应该办理什么手续啊？"

医生们交换了一下眼色，才有一个回过头来说："办住院手续就行了，我们会安排时间手术的。"

厉娜回到家中，立即着手准备费用，第二天就住进了医院。

由于是全球第一例剥离面具的手术，医院方面非常重视，多次召开会议进行研讨，设想了多种方案，感到能够万无一失了，才开始做手术，但还是出现了问题，厉娜的面具和她的脸皮完全长在了一起，拿掉面具后，厉娜的脸皮也被剥掉了很多小块，要想保持好原来的脸面根本做不到了，她成了一个疤瘌脸！

解下绷带，厉娜从镜子中看到自己奇丑无比的脸后，先是说不出话来，喉咙里咕噜咕噜了半天，才失声痛哭起来："怎么会是这个样子啊？你们赶快给我再戴上面具吧！"

医生告诉她，由于地球环境已经发生了根本改变，再戴上面具也不会和原来那样天衣无缝了。

看她痛不欲生的样子，医院决定为她再做植皮手术，从大腿根部等选择一些细软的皮肤，为她贴到脸上。

厉娜脸上的疤瘌减少了，但手术缝合后留下的对接痕迹还是很明显。并且由于多次手术，脸部肌肉和皮肤变得软硬不匀，她想实现的目标根本不可能了。也就是说，她要像历史上的人类那样说话脸部肌肉就能活动是做不到了，就是到她年纪大的时候想长出皱纹也是不可能的了。

医院宣布剥除面具的手术彻底失败，以后不再做这个手术，并好心地劝告人们，地球消除污染后出生的孩子不会再有这个问题，此前的人们要面对现实，只能继续戴着面具生活下去，随着时间的增长，原来带上的面具有希望慢慢软化消失，年龄越小希望越大，但成年人是不可能彻底摆脱面具了。

厉娜怎么也没想到，地球消除污染后给她带来的痛苦竟然更大了，她整天以泪洗面，后悔莫及，就像历史上的祥林嫂一样整天念叨同一句话："我怎么就这么傻呢……"

某天，人们突然发现，厉娜已经不再唠叨自己的傻了，而换成了不停祈祷："地球啊，你赶快再被污染吧，我好再戴上面具，让它和我的脸面彻底长在一起就好了，我再也不要这蓝天白云、纯净空气了……"

# 租用蓝天

何庥事业很成功，拥有全球排名前 500 强的企业，是真正的春风得意，日进斗金。

可是，最近几年他身体越来越虚弱，经常咳嗽，视力明显下降，看东西总有些模糊。到医院检查过多次，医生非常肯定地告诉他，他身体很好，并没有什么病。

他很是疑惑："脸色也越来越不正常，怎么会没有毛病呢？"

医生摆摆手，满不在乎地说："谁的脸色正常？都不正常，就是正常了！"

他不舍气地问："就不用管了？"

"你说怎么管？你能管得了天、管得了地、管得了空气？"医生把手指头往上竖了竖，"大气、环境等，都是这个状况，你有什么办法？"

所以当"马上你就能重睹蓝天真面目了"这条宣传口号在各种媒体上一开始轮番轰炸，何庥就密切关注着此事的进展。有个也是 500 强的公司石破天惊地宣布转型，要在半年内重新清理出一片蓝天来，供人享用。结果，不到五个月还就真的成功了。"蓝天租用公司"正式挂牌营业，何庥成了这个公司的第一批顾客。

何庥支上了一笔昂贵的费用后，被密封着传输了进去。

他一踏上地面，感到鼻子和眼睛立即有了为之一新的感觉。平时难闻的气味全部消失，新鲜的空气进入呼吸道，竟有一种呛人的感觉，但却怎么也咳嗽不出来。慢慢地适应了一阵，重浊之感逐渐退去，整个肺部好似被一片水灵灵的青草慢慢覆盖起来似的那般熨贴，平时的咳嗽声在不知不觉中消失了。脚下的土地干净得让人眼睛发慌，黄土是那么纯净，远处的河沙洁白得耀眼。树木、庄稼碧绿的颜色就像要往下流淌，耳朵中似乎有一种哗哗的声音隐隐传来。何庥深深呼吸了一下，闭上眼睛，再慢慢张开，只见金黄的阳光在微风的吹动下，跳跃着。他轻轻地抬起头来，看向空中，心脏一下子提

到了喉咙眼，天空一改平日的灰蒙蒙，呈现着瓦蓝瓦蓝的颜色，几朵白云挂在那里，好似新生产出来的洁白的棉絮一般柔软。何麻大声喊叫起来："啊，我终于看到蓝天了！我终于看到蓝天了！"

穿着洁净的服务生走过来，顺手撕下一张纸条，递给他："请缴500元噪音污染费。"

"什么？"何麻瞪大了眼睛。

"您刚才的喊声造成了声音污染。"服务生不亢不卑，直等到他掏出钱来才离开。

何麻转了几转眼珠，突然双手一拍："好，好。平时我们也这样管理的话，地球何以被破坏到了这种程度啊。好，好。"

何麻又心情舒畅地尽情享受这片蓝天了。他这里走走那里看看，浑身充满了力量，视力也不再感到模糊了，看什么都非常清晰。

在他意犹未尽的时候，管理人员催他说租期已到必须返程了。他只好恋恋不舍地进入容器，又回到了平常的生活之中。

回来后，他马上又咳嗽起来，眼睛的模糊感觉也重新产生了。何麻第二天就又来到了"蓝天租用公司"，交上了一大笔费用，又进入了已被彻底清理过的这片区域。

由于何麻对这片蓝天产生了依赖感，对公司的事务过问就很少了。用他妻子的话说，就是他只管花钱而不管挣钱了。公司管理一放松，问题一个个出现，他的事业就出现了滑坡，收入大幅度减少。可他并不怎么在乎，他说："挣钱为了什么，不就是为了享受嘛。我这点爱好又不是什么奢侈的要求，不就是多看了几眼蓝天白云什么的嘛，有什么大不了的！"

更难办的是，随着何麻到"蓝天租用公司"次数的增加，他对平日生活的环境的不适应也越来越严重，所以有时他会一把支上一大笔钱，在里面连续呆上好几天。

毕竟租用蓝天的费用太高，何麻的公司倒闭了。人们看到，他脸色苍白着，走几步就出现一连串的咳嗽声，浑浊的眼睛里却很有精神。问他："打算今后怎么办？"他把手一挥，充满豪气地说："好好挣钱，再去租用一片蓝天，这辈子就是要好好享受享受。"

然后他就会主动和别人说起自己的打算来："我想再到银行贷些款办个化工厂，这种企业尽管会产生污染，但挣钱容易些。"

然后，他会把脸转到"蓝天租用公司"的方向，痴痴地看着、看着……

平　衡

"了不得啦，他爹，你快去看看咱家岭南那块地里的玉米，不知让哪个畜生给糟蹋了那么多，操他祖奶奶，这些不吃人粮食的狗杂碎啊，呜呜呜……"

尽管老婆风风火火，又哭又骂，根去却一点也显不出着急，应答一声，慢慢悠悠地晃出了家门。

根去是快40的人了，日子一直过得安安稳稳。最根本的原因就是他老实，能忍耐，从不与人一争高下，人们在称赞他这些优点的同时，也送了他一个外号：孬熊。

过了不久，他慢腾腾地回来了："嗨嗨，反正已经糟蹋了，也找不到是谁，算了吧。"

老婆气得狠狠地戳了他一指头："你这个孬熊，真无用。我找村支书去。狗杂碎，真是不吃人粮食的狗杂碎，糟蹋人来！"

几天以后，村里找到了破坏秋粮的人，让他作了赔偿，还罚了一笔钱。

可是，从此以后，老婆竟与村支书有了情况。开始是风言风语，后来就有人直接说到他的面上："根去，一定要看好自家的门啊。"

这话说得意味深长，让人一听就明白，因为在阳都，人们把管好老婆叫看好门。

还有人更直接："根去，咱支书对你家嫂子，那个，啊，你、你千万别戴了绿帽子啊。"

"你别的事上孬熊行，这事儿可不行啊，要硬起来。"并接着给他出主意，"捅他的窝子，逮住他，敲断他的双腿。"

但他已忍耐惯了，尽管有时也生气，可就是强硬不起来。尤其是见了当官的，那就连句话也不会说了。这样一来，对老婆与支书的情况，他只好睁一只眼闭一只眼。

日头已升上头顶，他掰了半天玉米棒子了，还不见老婆来，就推上已装满两篓棒子的小推车回了家。

嗯，奇怪，门竟从里面闩上了。

他敲了半天，老婆才满脸红晕，头发蓬乱地来开门，接着支书也慌乱地走了出来。

他脸上不自觉地堆满了笑："支书，您来了，再坐会儿吧。"

说完，他拉上门，转身离去。

"真是个孬熊。"他听到从门缝里传来了支书的话语。

他捆了自己一耳光，还是又回到了玉米地。

到日头过晌了，老婆才来到地里，有些羞涩，又有些幽怨："唉，你真是个孬熊。"

秋后，他进了石工组去开山放炮起石头。

这天，出现了一眼哑炮，人们都很着急。冷不丁，根去软塌塌地说了一句："我去瞅瞅。"

他到哑炮跟前，蹲下，慢慢地掏炮眼。突然，一股突天的烟尘，接着一声闷响。他倒在了血泊里。

经过医生的全力抢救，他活了过来，但丢掉了一条腿，更主要的是丢掉了男人的根。

从此，他那被碎石炸得坑坑洼洼的脸上，有了一股阳刚之气，一根拐杖敲得地面啪啪响。

闲来无事，就揽起了义务护坡的差事。他不时地大吼："哪个不吃人粮食的狗杂碎，要是糟蹋庄稼，俺操您祖奶奶。"村里的庄稼再也没被糟蹋过。

这天，他发现支书又溜进了他家的大门。

过了一会儿，他拄着拐杖走上前去。一手扶墙，另一手举起拐杖，把门砸得梆梆响。

过了半天，支书过来开了门："你个孬熊，砸什么砸？"

"狗杂碎，俺操您祖奶奶啊！你要是再进俺家门一回，我就敲断你的两条狗腿！"他一边骂着，一边把拐杖砸在了支书的头上。

支书一下子愣住了，怔了半天，才小声小气地说："我走我走，别吆喝。求求你，别吆喝。我再也不来了。"

他看支书贴着墙根，灰溜溜地小步跑了，就长长地出了一口气。

这时，老婆也来到了门口，双手扶住他："这才像个大丈夫样。"

根去发现，此时老婆满脸温柔，简直就是当新娘子时的模样。

老婆又幽幽地说："根去，俺再也不了，往后咱好好过日子，啊?"

他使劲地点点头，然后大踏步地向田野走去。

老婆发现，他走远了，身材还很高大。老婆认为看花了眼，使劲揉揉双眼，但还是那样。

低 头

"你这孩子怎么啦，抬起头来！"父亲脾气暴躁，动辄就起高腔。

小芹努力往上抬头，可脖子就是软软的，好像颈椎骨被抽掉了，最终脸面还是与地面平行着。她抬起右手，摸了摸后脖颈，骨节分明，骨头还在啊。父亲气哼哼地走了，小芹的眼睛里湿漉漉的，眼下黄白色的地面模糊起来。

最近一段时间，小芹只要见了人，头就会低下，怎么也抬不起来。眼看就要去上大学了，她自己也急得不得了。

通知来了不久，家中来了一大群人，在乡村干部的陪同下，呼啦啦涌进了小院，扛摄像机的就有 3 个人，有一个当官模样的人在众人的围拥下，伸出手来和小芹的父亲使劲握着，身子斜斜的，眼睛转到摄像机的方向，扛摄像机的人马上往前一步，三个黑洞洞的机器发出冷冷的亮光，冷得在一边的小芹突然打了一个寒战，哆嗦起来。当时一家人正在又喜又愁的，小芹考上了大学，可费用却还没有筹措够数。突然来了这么多人，一家人不明白是怎么回事。一会儿那当官的松开手，后退了几步。身边人员拿出一个大红纸包，快速递到他的手中。他慢慢地看了一眼，把红包翻转过来，让带着黑色字迹的一面对着众人。摄像的三个人小跑着变换着方向，摆着姿势。那人俩手捏着红包的两边，走到小芹父亲面前，对着愣愣的小芹父亲，又开始说话了，大意是说孩子考上了大学值得祝贺，上级知道你们家庭困难，在开展的助学活动中把你们列入了，今天来看望一下，同时捎过来 2000 元钱，以后有什么困难，多反映，我们会尽量帮着解决的，然后举起红包对着众人转了一圈，才交到小芹父亲手里。

小芹的父亲愣愣的，说不出话来，机械地拿着红包："这，这……"

有人小声过来教着："还不赶快感谢领导！"

小芹父亲才反应过来的样子，脸憋得通红："感谢领导。"

三个话筒同时伸了过来，他吓得猛一哆嗦，红包掉在了地上。很多人的脸上露出了强忍不住的笑意，话筒被失望地抽了回去。

　　地上的红包显得更加刺眼了，小芹的父亲佝偻着腰，低下身子去捡拾。人们漠然地站着，眼光里面充满了怜悯。小芹尽管离这些交织的目光较远，但她还是感到了冷飕飕的刀子一样切割着她的心脏。

　　"大学生在哪里？我们采访一下大学生吧？让她谈谈今后怎么学习、怎么报效祖国就行了！"一个记者想出了这么个办法，另外两人点头表示同意。

　　在他们急速地搜寻中，人们的眼光都向小芹转了过来。小芹的脸腾地红了，身上出了一层汗。她猛然低下头去，快步向远处跑去，最后消失在了人们的视野里。

　　来人都有些失望，领导模样的人大度地摆摆手，人们安静下来，他向小芹父亲告别一声，人们就呼啦啦走出了大门。小芹父亲看到他们的十几辆大小不等的汽车一溜烟离去了，才长出了一口气。

　　小芹在远处目睹汽车离开，并看着村里的人围着父亲又说了半天话后陆陆续续散尽了，才悄悄地往家中走来。

　　路上偶尔碰到的人，都会看着她，眼光意味深长的。她感到那目光好像锋利的箭镞子似的，直往她的脸上射来。她的头慢慢低下去，与站立的身体在胸前构成了九十度的一个角。她走过去，背后就会响起喊喊喳喳的议论声，就像前不久才收割的小麦的麦芒随即对准了她的脊背。她保持着一个姿势快速往家中走去，对迎面来的人、车等均视而不见，不管不顾。

　　从这天后，只要在人前她就怎么也抬不起头来了。她很着急，总是使劲往上抬，可一点也不管用，脖子一动也不能动，再用力，先是胸膛挺了起来，接着腰直了起来，最后脚后跟也离开了地面，可是她的头还是没有抬起一点点来。

　　她的这个状况没敢和别人说，她想慢慢会好的，所以一有空闲就尽量去活动脖子，但是没有效果。后来父亲发现了，生气地让她抬起头来。几次后，父亲的暴躁脾气就爆发了，一见面就是这句话："你这孩子怎么啦，抬起头来！"

　　后来，她就这个样子上了大学，仍然是见了人头就低下了，直到跟前没人了的时候才能抬起来。好在她学习很刻苦，成绩一直名列前茅，奖学金在全校是最高的，所以也就没有人对她的毛病指手画脚说三道四了。后来，老师、同学也就见怪不怪了。

在学习的空隙里，她尽量多的抽时间去做钟点工挣点钱；假期也不回家，或做家教，或当保姆，也曾到建筑工地上干体力活。

一年后的暑假，她回到了村里，拿出一沓钱，神情严肃地告诉父亲："咱把那2000元还给人家去。"

父亲愣怔一会儿，点点头。父女俩人找到村干部，最后找到乡里、县里，费了很多口舌，受了很多白眼，终于才把这件事办妥了。

往回走的路上，父亲发现走在自己前头的小芹头抬起来了，他惊喜地看着女儿挺起来的后脖颈，眼睛有些潮湿。进村时，碰到了更多的人，他发现女儿身子也往上耸着，脖子挺得更直了。

其实父亲不知道，发现自己抬起头来了，走在前面的小芹早已泪流满面了。

 # 纠　正

街上的路灯渐次亮了。周末的县城，人显得特别多。李广河已在县教育局门前徘徊半天了，就是没有勇气迈进这个大门。妻子在县晶体管厂工作，自己在偏僻的西部山区教学也已经20多年了，离家近30公里。前几年还没觉着什么，这两年孩子常年有病，妻子上班又紧张，他就有调回县城工作的愿望了。他找过多次政工科，光答应研究就是没结果。后来他找过局长，局长说县城中学都超编，目前没法解决。可是，还是经常地见有人调进县城中学，他感到很茫然。有人开导他，得找局长表示表示啊。他就真的买点东西去了局长家，人家不收，他只好灰溜溜地提回了家。

今天回来，他又不自觉地走到了教育局门前。

"来来来，咱做游戏。"一个胖乎乎的小男孩招呼着另一个瘦瘦的小男孩走了出来，都兴奋得很。

李广河认识那个小胖男孩，他是教育局长的孙子。找局长要求调动的时候，这个小孩经常在家。

瘦男孩问："做什么游戏？"

"送礼吧。"胖男孩大趔趔地说着就在路边上拣了一个方便袋，找了一些小石头和落叶装了进去。

瘦男孩说："我给你送吧。"

"好吧。"胖男孩就把方便袋递给了瘦男孩。

李广河感到很有趣，就站在一边看了起来。

瘦男孩提着方便袋走出去一段路，又转回来，大大方方地："我给您送礼来了。"

"不对不对，"胖男孩不耐烦地摆了摆手，"我教你。"

瘦男孩把方便袋递了过去，胖男孩接过，走出一段路，再转了回来，悄

悄地把方便袋放到瘦男孩脚边，作出一副畏畏缩缩的样子："局长，您在家呐。"

瘦男孩说："我在家。"

"局长，您抽烟。"胖男孩躬腰伸出手，满脸谄媚的样子。

"好吧。"瘦男孩有点受宠若惊的样子，一边说一边快速地伸手来接。

"啪"的一声，胖男孩把瘦男孩的手打开去："不对！"

李广河无声地笑了，他想，这些小孩子真有意思。

瘦男孩感到委屈："怎么不对啦？"

"应该这样——"胖男孩把方便袋又递给瘦男孩，"你送，我教你。"

当瘦男孩也满脸谄媚地递上烟时，胖男孩一副大人模样地向上翻了翻眼皮，爱搭理不搭理的："我不抽烟。怎么，来啦。"

"嗯。"

"把东西提到门外去，不要这个样子嘛。"胖男孩昂着头乱摆手，"简直是乱弹琴！"

"我、我、我……"瘦男孩没得说了。

"你什么你！我下班了，有事明天到办公室去说。我累啦，就这样吧。"胖男孩摆摆手，闭上了眼睛。

"那好吧，我明天到办公室找你。"瘦男孩痛快地答应着。

胖男孩生气地说："你真不中用！你照着我这样，看我的。"

瘦男孩有点不太情愿了，但看了看胖男孩，又不敢不做，只好学着胖男孩再做下去。

李广河饶有兴趣地看了起来，竟被吸引住了。

在胖男孩的一再纠正下，瘦男孩学得和胖男孩不相上下了，他也向上翻翻眼皮，爱搭理不搭理的："我不抽烟。"

胖男孩一脸笑容："哎呀局长，太好啦，抽烟有害健康，不抽烟好不抽烟好。"

"你干什么来？"瘦男孩心里不高兴，竟很有那个样子。

"我有个事儿想来和领导汇报汇报。"胖男孩一脸媚态，惟妙惟肖。

"你呀，不要这个样子嘛，你把东西赶紧提到门外去。"瘦男孩胡乱摆摆手，一副很生气的样子说，"有事儿明天到办公室去说，在家里不办公。简直是乱弹琴！"

胖男孩还是一脸笑容："局长，太打搅您了，我要求的那个事儿，请您务必给放在心上。"

瘦男孩又不会往下做了，急忙问道："我再怎么说?"

"你就说，我知道了，回吧，以后研究研究再说吧。"胖男孩教道。

瘦男孩真的这么说了，胖男孩又接着说道："局长，尽管您不抽烟，但我这盒烟还是给您自己抽的。"话语中的"您"字语气加得很重很重，有一种暗示意味。

瘦男孩又不自觉地跳出了游戏："不抽烟嘛，你还给他自己抽，什么意思?"

"真笨，里面装着钱呢。"胖男孩笑他没见过世面。

瘦男孩沉思了一会儿："嗯，原来是这么回事儿啊。"

他们做完游戏，又跑着到别的地方玩去了。李广河却陷入了深思。

过了一会儿，他也转身离去了，步子迈得很大，很有劲。

两个月后，李广河调入了县一中。同事们都很羡慕他，有的问他有什么关系，有的问他有什么秘诀，他皆笑而不答。

敲钟的老人

在校园的西北角上，有一口两间低矮的西屋。屋顶上苫的麦秸已变薄了，呈现出灰黑色。老式的木板门和老式的木窗棂在农村都很少见了。屋前有一棵老槐树，黑褐色树干上，树皮那不规则的纹路好似老年人脸上的皱纹。在上边的树杈上，挂着一个生铁铸的钟，已经锈迹斑斑。耷拉下来的绳子，斜牵着挂在门边。

偌大的校园里，正在搞建设，楼房眼看着站立起来。校长和负责监工的老师带着人来到这座草房前，指指划划，准备把树杀掉，把房子拆除。

"好啊，你得把我先杀掉了再说！"随着声音从屋子里走出来一位老人。由于生气，脸上的皱纹更紧地聚在一起。

校长赶忙笑着打招呼："老胡啊，楼房盖起来，它们就有碍观瞻喽。咱们要配备电子报时钟，这些不需要了，所以……"

老胡不客气地打断校长的话："我这老该死的也不需要了，你打谱怎么除掇吧？"

"你为咱们学校辛勤工作了这么多年，是有功之臣啊。以后你要搬到楼上去，享清福。敲钟一辈子了，不容易啊！放松放松吧，老胡。你的一切待遇都不会有什么变化的。"校长安慰他。

他倔强地把头一梗："我哪里也不去，就住在这屋里。"

校长愣了愣，半天，轻轻挥挥手，带着来人走了。

楼房很快建好，电子报时钟也已全部配备上。可每到时间，老胡都会准时敲响清脆的钟声，和电子报时钟竞争似的。开始，很多师生感到别扭。时间长了，也就习惯了。

这天，突然老胡先敲响了他门前的钟，而电子钟却没有响。

老师们看看表，是到了上课时间，于是就按照老胡的钟声来到教室。上课几分钟后，电子钟也响起来。

凑巧的是，县教育局来人正检查工作，发现了问题，就对校长说："这样不行吧，还乱了套。"

校长着急了，就来到老屋："老胡，别添乱了好不好？"

"我添什么乱啦？"老胡理直气壮。

"有电子钟了，你就不要再敲了。声音不一致，步调不统一，怎么上课？再说，你闲着干点什么不好啊。"校长强忍耐着，好说了歹说。

老胡在这个学校干了一辈子，对校长的话根本就没当回事："时间叫它一样不就行了。"

"你就这样乱敲它怎么能一样？"校长生气了。

老胡："我没有乱敲，我敲的是北京时间。"

校长这才想起似的看看手腕上的表，又抬头看看老胡挂在墙上的挂钟，嘴唇抿了抿，不说话了。

"好，我回去对好电子报时钟。"校长平静下来，对老胡笑了笑，"真理掌握在你的手里啊，但……"

老胡也笑了，正想说点什么，猛然扭头一看，下课时间到了，就跑到门口，快速地抓起绳子敲起来，顿时，"当、当、当……"响亮的钟声迅速传遍校园，老师和学生们陆续走出教室。

"我得赶快去弄好电子钟了。"校长快速走了。

此后，电子钟又与老胡敲的钟声统一步骤了。

毕竟年龄不饶人，在这不变的钟声里，老胡的头发几乎全白了，腰也有些弯，脚步越来越踉跄。

不过人们看到，只要抓住钟绳，就好似充了电，他一下子就进入了状态。

"唉，这老家伙，有什么意义？"有人叹息。

"发贱呗。"有人撇着嘴，轻蔑地说。

"神经不正常，有毛病。"有人尖刻地讥讽。

校长听到了，狠狠地瞪一眼，人们不吭声了。

议论就这样被一次又一次平息了。

终于，老胡再也撑不住了，倒下不几天，接着就去世了。

没人再敲响这钟，校长突然感到心里失落落的，慢慢地走到老槐树下，抬头看着那锈迹更重的钟，半天一动也不动。

盖楼时负责监工的那老师凑过来，斟酌了一会儿，才说："老胡也没了，这房子、这槐树、这钟……都赶紧处理了，咱们的校园就更美观了。"

　　校长仍抬着头，眼光认真地盯着被老胡敲了一辈子的这口钟，又过了半天，才转过头来，声音很轻地说："不，留着它，永远留着它们。"

　　"为什么？"他感到疑惑不解。

　　校长很动感情地说："你听，钟好像又被老胡敲响了。"

　　校长说完，就把低垂着的钟绳抓在手中，好似要敲的姿势，最后也没敲，只是仔细地送到门边，稳稳地把它挂在墙上。

一场特殊形式的高考

　　最后一场考试结束，考生和监考老师都迅速离去了。笼罩了几天的紧张气氛一下烟消云散，校园里出现了真正的安静状态。作为本校的老师，张老师被领导安排来检查每个作考场的教室是否都关好了门等善后事宜。他刚从三楼来到二楼，一个学生模样的小伙子喘着粗气满头大汗地飞跑了上来，从裤兜里掏出一个小薄本，看一眼，就又匆匆往前走去。张老师很奇怪，就跟了过去。

　　小伙子在第十二考场的门前停下来，使劲往前靠着，脸紧紧地贴在玻璃上，往里急切地看着，脚后跟越抬越高，最后只有脚趾踩着地面了。

　　张老师在他身后不远处停了下来，疑惑地盯着他。

　　过了一会儿，小伙子的脚心和脚跟先后落了地，可能意识到身后有人了，慢慢转过头来，不好意思地抿着嘴唇勉强笑了笑。

　　"你是考生？在里面落下东西了？"张老师微笑着，轻声问他。

　　"没，没。"小伙子的嘴唇抿得更厉害了。

　　"那你这是……"张老师不明白了。

　　小伙子又看了看自己手中的小本本，脖子一软，低下了头。张老师也看清楚了，那是今年高考的准考证。张老师向前一步，从小伙子手中拿了过来。原来就是这个考场的准考证，上面的名字是王大全。

　　"王大全同学，你还有什么事儿吗？考完了不回家怎么又回来了？"张老师不明白是怎么回事，就又问道。

　　小伙子慢慢地抬起了头，眼圈红红的，眼泪包着眼珠，眼看就要淌下来。

　　"王大全同学，有什么事儿跟老师说，"说着，张老师把这个教室的门打开了，招呼着，"进来坐下，先休息一下。"

　　王大全眼睛里亮光一闪，很感激的样子，接着快速地跨进门口，找到自己准考证上的位置，坐了下来。他慢慢地很隆重地把准考证放在了桌面的左上角，然后从兜里掏出了折叠着的一摞厚厚的纸片，神情严肃地一层一层地展开着。

张老师教过多年学，经验丰富，知道自己又遇到了特殊情况，尽管是外校来考试的学生，他也会尊重学生的个性特点，所以也就不急着走了。

他走到王大全的桌前，发现是一份从微机上打印出来的今年高考的第一门课的试卷。王大全抬起头来，眼巴巴地盯着他，好像有所祈求的样子。张老师站在那里，用柔和的眼光鼓励着，静静等待着。

又过了几分钟，王大全结结巴巴地开口了："老师，我没能参加成今年的高考，可我不舍气，就想考一考啊，您……您能不能给我监考，让我把这门考了过一下瘾？"

张老师一愣，不知是出了什么事儿，但知道其中肯定有隐情，又不能主动问。现在的学生，不想跟你说的事情，怎么问也不会有结果的。尽管马上到了下班时间，他还是神色凝重地点了一下头，同意了。

王大全拿出笔来，先快速地写上自己的名字考号考场等，又抬起头来，解释道："老师，这试卷是我请别人打印的，我绝对没看过，真的。"

张老师信任地点点头，王大全轻轻出了一口气，俯身认真做题了。

王大全在纸上刷刷地写着、涂着。张老师严肃地站在讲台上，有时候也走下去巡视一下。他怕自己的家属会打电话叫他回去吃饭，先往家中发个短信，就关机了。时间一分一秒地过去，张老师肚子开始咕咕叫起来。由于低血糖，一吃晚了饭，就不舒服。他顾不得这些了，只管认真地为王大全监考了。

校园里还是没有一点动静，只有楼前的白杨树在轻轻摆动着翠绿的叶子，金色的阳光在上面被抖动地站不住脚，就柔和地往地面上流淌着，到了地面也就自觉地躲开了那枝叶的影子，向外铺展开去。

两个小时后，王大全做完试卷，检查后交了上来。张老师心中一愣，但外表上并没动声色，认真地接了过来，放在了教桌上。王大全向门口走了两步，停下，回过头来。犹豫了一会儿，毅然低头向张老师敬了一个礼："老师，谢谢您。"

张老师什么也没说，认真地顺溜着这唯一的一份试卷。

只听王大全又低声说道："因为高考的前一天，父亲在工地上被砸伤了腰脊椎，所以我耽误了高考。父亲会高位截瘫的，所以我不会再有高考机会。谢谢您让我体验了高考的过程，尽管是一门，我也满足了。"

原来如此！张老师的心沉了下去，有些疼。由于没吃饭，眼前有些发黑，脚步也轻飘飘的，他有些踉跄地走过去，一手抓住小伙子的胳膊，一手轻轻拍着他的肩膀。过了一霎儿，王大全软塌塌的肩膀挺了起来。张老师松了一口气，两手拿开了。

小伙子嘴嗫嚅着，还想说什么。

张老师知道，他肯定是为占用了自己的时间表示道歉之类，就劝他道："去吧，小伙子，赶紧回医院吧，父亲肯定盼着你去了。"

王大全眼泪哗哗地流淌下来，紧紧地握了一下张老师的手，然后迈着大步，向楼下走去，那橐橐橐的脚步声慢慢小下来，最后完全消失了。

张老师把这份试卷认真地收起来，他知道自己会永远收藏的。

攒 风 剑

时令是五月，阳光明媚，空气清新。20 岁的高恩芹，是阳都第一大户家的女儿。此时，她正在绣楼后花园里与自己的丫环切磋武艺。

丫环小红天真地问："小姐，要是像现在这样，一丝风也没有，那怎么办？"

"什么怎么办？"高恩芹一时没听明白。

"我是说，你练的武功不是叫攒风剑吗？没风的时候怎么攒啊？"

小姐笑了笑："人不是动吗？一动不就有风了？"

正说着，起了一阵风。只见高恩芹突然转为面向南方，身体直立，两臂自然地下垂了，左手像握着剑的样子，两脚尖自然分开约 90 度，右大拇指挑起，中指与食指伸直并拢，虎口撑圆，其余两指屈于手心，握成剑指，两臂缓缓抬起，平举到胸前，好似手里真攥着一把剑。接着潜龙出海、仙人指路、倒退连三剑几招连续使出。只见高恩芹身边风在狂叫，指向哪里，哪里就迎剑而伤，几棵树上像被真剑刺中一样，出现了几个被刺伤的窟窿。

小红在一边，只是感到空气中略有一丝风，待高恩芹停下来，就说："明白了，就是有一点风，哪怕是人略一动弄出的一点风，你也能把它使成攒风剑，杀死坏人。"

小姐笑着点点头："那是当然的，不过，关键是内力得大，内力不大是攒不成的。"

就在这时，她俩听到城外响起一片嘈杂声。

这是女匪首赵嬷嬷率土匪血洗郯城县店头乡东八里巷村后，又来抢掠阳都了。

"你在家别动，我去看看就来。"

高恩芹抬腿就走，急得小红大喊："我跟你去，我是照应你的。"

"去你的吧，还照应我，你去给我添乱啊。"高恩芹已出去了几十丈远。

重新学话

　　高恩芹来到城门口，看到守城的卫士正哆嗦着。她就飞身从城墙上跳到外面，轻身落在土匪们面前，面不改色心不跳："你们要干什么？"

　　几个土匪见从城里飞出个这么漂亮的年轻女子，就不正经起来："哟，给我们送天鹅肉来啦。"

　　她气得面色都变了，恨恨地说："送的是剑！我们在安定的生活，谁叫你们来攻打我们的。"

　　"赵嬷嬷啊，我们缺东西，也缺像你这样的漂亮女人啊。"

　　她不再搭话，迅速逼上前去，并施展开了她的攒风剑法。只听到在呼呼的风声里，随着哭爹叫娘声，土匪已倒地一大片。有的伤了胳膊和腿，有的胸口正往外冒血，有的被刺伤了脖子。不管伤到哪里，人都已经被强大的风力震死了。

　　活着的土匪再无人敢向前，倒退着，倒退着，然后转身飞跑到匪首赵嬷嬷跟前，赵嬷嬷一听，站起身看了一眼高恩芹，就命令土匪们撤走了。

　　高恩芹在城门外，双手空空，静静地站着。直到看不见土匪的影子了，她才转身往家走去。

　　在路上，碰到了丫环小红领着家人正急急往这走："你没事儿吧，小姐？"

　　"哪有什么事儿，回家吧。"

　　父亲阴着脸："一个姑娘家，随随便便地出什么风头？传出去像什么话儿！"

　　就这样，在民国 12 年，从江苏蹿入山东的土匪赵嬷嬷，正要来阳都烧杀抢掠，并引起一片惊恐的时候，是阳都女侠高恩芹用自己独创的武功攒风剑，赶走了这伙土匪。从那以后，很少有土匪再敢来骚扰。

　　可是，也正因为这件事，高恩芹闻名远近的同时，任多么有水平的媒婆来给她找婆家，也说不成，她逐渐变成了一个老姑娘。

　　过了 15 年，侵华日军占领阳都。他们最害怕的人是高恩芹，就到处寻找她。费尽了九牛二虎之力，日本人怎么也没能找到她。倒是日军官兵经常神秘死亡，伤口均为攒风剑所伤。

　　此时的高恩芹已经 35 岁了，她的家庭也在战乱中败落了，父母均已去世，家中再无其他亲人。因为她作为一个女人出头露面过，这时还是一直无人愿意娶她作老婆。她只好痛苦地隐居在阳都西山里，有机会就去用攒风剑杀死作恶多端的日军。

　　遗憾的是，抗战胜利后，高恩芹再没露面，并一直下落不明。从此，人们再也无缘一睹攒风剑的风采。

53

汉 字 功

阳都这个地方是三国名相诸葛亮的故乡，历来人才辈出，奇事不断。

民国时期，这里出现了一代武学大师高恩山。他出生在凤凰岭村，7 岁开始投到北佛寺学武，20 岁自创汉字功，并以此独步武林，名震天下。他左手使锤，右手使三节棍，平时这两样兵器从不离身。在武打中每一招一式，他都能以身体和他的兵器组成一个个汉字，张弛有度，儒雅优美，所以叫做汉字功。每当与人切磋武艺，他总是在慢慢地舞动起来时，其中先有三个定型动作，分别是三个汉字"讨""教""了"，然后才开始对打拆招。比试中，他也是每招都用体型汉字告诉对方招式名称。不过，动作太快，只有武功高强的人才能看得出。看出归看出，打过打不过那就是另一回事了。从他出道以来，一直还没有碰到过对手呢。

民国 27 年，日本鬼子占领了阳都，滥杀无辜，奸淫妇女，无恶不作，怙恶不悛。可是从他们驻扎下来的第一天起，就没有安生过。每过三五天，日本兵就会失踪一个，连尸首也找不到。不长时间后，他们就怀疑起高恩山来。

日本人知道他武功高深，就想用比武的办法把他除掉。

当时住阳都的山本中队长带着一个日本浪人藤森三郎，也是日本武林中的顶尖人物。

这天，日本人贴出了告示，公开发出挑战书，约高恩山三天后在阳都城东门外比武。

太阳刚刚从东边升起，血红色的朝霞在天边尽情地涂抹，正在人们翘首以盼的时候，高恩山健步来到了日本人布置的比武场上。乡亲们看到，他上身穿了一件粗布白色对襟褂，下身着一条黑色大裆裤，腰扎一根布腰带，面色白净，神态自若。他看了看墙头上对着比武场的两挺机枪，轻蔑地笑了笑。乡亲们看到他的笑容，就感到放心了。可他的目光看到日本人新立的石碑时，眼里射出了一串串愤怒的火焰。原来，日本人在这里一早立起了一块高约5米的"大东亚征战纪念碑"。看了几眼，高恩山的喉结动了几动，努力使自己平静了下来。

比武正式开始了，藤森三郎立下了门户。高恩山冷冷一笑，与他同时出了招。高恩山先打出一招"驱"字，动作之快，令人感到眼花缭乱。过了一阵，当二人一下子分开10多米的时候，高恩山又立了一个"逐"字。这时，藤森三郎欺身扑了上来，两人又打在了一起。他们的动作越来越快，时而飞起在空中，时而降落在地上。比武场上，尘土飞扬，树叶飘落。很多人看不明白了，着急地问别人："又出了什么招？"懂得的人解说道："这一招是'倭'字。"人们逐渐地看直了眼，整个比武场上变得鸦雀无声了。只有懂武功的人偶尔吐出一字："寇，哦，哦，驱、逐、倭、寇。振——兴——华——夏——"就在他念叨完"夏"字的同时，藤森三郎大叫一声，倒在了地上，再也没爬起来。

比武场上冷寂了一瞬间，墙头上的机枪"哒哒"的响了。只见高恩山的身子在枪声中飞了起来，后背重重地撞在了那块新立的石碑上，并在石碑上与地面平行地起落了几次。碎石渣子在空中嗖嗖乱飞。两个机枪手几乎同时被石碴击中头部，死在墙头上。人们惊奇地发现，石碑上日本人刻的字全部消失了，变成了遒劲有力的8个大字"驱逐倭寇，振兴华夏"。

眨眼间，高恩山飞身离去，比武场上的人也"哄"的一声散去。

山本中队长气得"噢噢"直叫，从腰间拔出手枪朝人群背后射击，但射程已经达不到了。

为了报复，日军进行了疯狂的搜捕，但搜遍了阳都全境，也没有找到高恩山。

其实，高恩山受了很深的内伤，武功全失，只好又回到北佛寺，受剃度出了家。人们感到他为中国人长了志气，都掩护着他，所以日本人找不到他。

可是，他的内伤一辈子也没有治好。"文革"中，有红卫兵小将想到北佛寺破四旧，听到他的情况后，都悄悄地退走了。1999年春天，他在北佛寺去世。

那块石碑被日本人砸得碎成了十几块。日本投降后，群众自发地找齐，把它立在了北佛寺门前。现在你只要去阳都，还能在北佛寺门口看到它。

遗憾的是，汉字功失传了。

神 医

　　高恩尘医术精湛，名声很大。他先是学习中医，后又被临沂教会医院的瑞典院长看中，到教会医院学习了西医。学成后，为造福桑梓，他执意回到老家阳都行医。

　　土匪刘黑七掳掠到阳都时，随行的第五房姨太太突然在大腿根部靠近不便处长了一个疖子，很是痛苦，于是刘黑七立即派人把高恩尘找了来。

　　临出门时，高恩尘看到家人都为他捏着一把汗，有的甚至不想让他去，他笑一笑，就气定神闲地提着药箱出了门。

　　来到后，他才知道姨太太脓疖生长的部位。刘黑七在一边虎视眈眈，很不友好地用一根手指头指着他，叠声地问："你说怎么办？你说怎么办？"小喽啰们持枪站在一边，随时要对他下手的样子。知道刘黑七是既不想让自己看到他姨太太的身体，但又想尽快解除女人的痛苦。高恩尘脸色凝重起来，沉思了半天，抬起头，对刘黑七说："我的意思是先让病灶挪挪地方，然后再动手术，您看这样妥否？""挪挪地方？"刘黑七将信将疑，神情有所舒缓，"好好好，果真能行，刘某将感激不尽！"接着又不放心地问道，"真行？真的管用？"高恩尘没再接他的话茬，提起笔来，刷刷地开出了药方："吃完这三服药，我再来。""这……"刘黑七有些迟疑。他解释道："只是这三天，可能还有些疼，只能忍一忍了。"

　　高恩尘走后，土匪们都将信将疑，但刘黑七还是坚持让姨太太把药吃了。

　　说来也真奇怪，三天后在姨太太的小手臂上真的长出了一个新的脓疖，和大腿根部的一模一样。再看原来的脓疖，竟全部消失了，那个地方的皮肤已变得光滑如初，好似根本就没有长过病。

　　刘黑七一看，高兴起来："了不起，了不起，不愧是诸葛孔明的家乡。妈拉个巴子的，这些圣人蛋皮就是有本事。"

他身边的人们也都附和着笑起来："碰到这么个神医，太太马上就会好了。"

但人们谁都没有发现，刘黑七的眉宇间，忽然飘过了一丝阴影。

第三天一大早，高恩尘就起了床。只是没有和平日似的走到户外去活动腰身，锻炼身体，而是在他的诊室里不停地鼓捣着一种种药物。儿子不放心，走进去一看，知道他在为今天的手术作准备，就笑着说："这么个小小的手术，值得您这么尽心地准备？何况刘黑七作恶多端，要我说根本就不用给她治。"

他神情严肃地对儿子说："医生是治病救人的，我是医生，只要人有了病，就得去给治疗，这是医生的本分啊。"

看儿子不再说什么了，他态度和蔼起来："来来来，你不是想学秘方吗？今天我传你一个秘方，用这几种草药，熬成水，治硬伤，能接骨生肌，立即就好。这水就是我已经熬成的，好好保存着说不上就有用处。"

儿子看到父亲并不过多地为今天的小手术用心，也就认真看草药和那药水去了。

高恩尘来到刘黑七处，就立即为五姨太消毒，切除脓疖。刘黑七在一边，一看到他的手接触到姨太太的皮肤，就微微皱一下眉头。只是人们都在关注着手术的进展，并没在意这一点罢了。

手术完毕，仔细包扎好，高恩尘又开出些药，说："吃几天，就彻底好了。"

刘黑七瞪着他问："真的？"

他看到刘黑七眼睛有点红，眼光灼灼逼人，就笑道："放心，保证不用我来第二次了。"

突然，刘黑七的脸一下子拉下来："哼，妈拉个巴子的。我现在才明白，你是什么狗屁医生！既然能让这个疖子挪地方，你直接把它挪走啊，你让它长到别人身上去啊！哼，你竟敢戏耍我。让我太太白挨一刀不说，还让你白摸了几把。气死我了！"

"病灶在人身上长成了就去不掉了，只能挪个地方做手术。怎么能挪到别人的身上？再说了，做手术又怎能不接触胳臂？"高恩尘解释后，又颇为自负地接着说道，"能挪地方的医生你恐怕都不能找出第二个人来啊。"

刘黑七啪地一拍桌子："鸟，拉出去砍了！"

家里人听到高恩尘被杀的消息后，一下子傻了。来到现场，只见高恩尘被从左肩斜着砍成两半，只有右腰部还连筋着。乡亲们劝说着："别难过了，快准备后事吧。"

　　儿子已哭了半天，这时猛然停住，立即起身，吼道："不，谁也不许动我爹。"

　　他飞速跑回家，拿来了父亲一早熬成的药水，开始在父亲刀伤处慢慢地对接，每对接好一个地方，就小心地搽上那药水，然后再对接下一处。围观的人们渐渐失去兴趣，走散了。到黄昏时，父亲的伤口都对接好了。他伸手试一下父亲的鼻孔，好似真有一丝气息了，然后就抬回了家。

　　刘黑七杀人如麻，根本无暇顾及被他杀掉的人。再加上他们是流匪，第二天就离开了阳都。高恩尘得以在家被精心护理着，一个月后就痊愈了，又能出诊了。

　　后来，他随八路军医院转战沂蒙山区，在消灭刘黑七的战斗结束后不久，无疾而终。

# 神 药

阳都名人赵仲景，系祖传中医。他的绝招主要是配药。只要他说能治好的病，往往用一服药就能治好，所以他配的药被称为"神药"。

有一次，村人孙善化早晨刚起床就发现了可怕的事，遂大叫一声，昏倒在地上。原来床头上有三条长虫——阳都人管蛇叫长虫——在蠕动！家人慌慌张张，掐人中，浇凉水，忙了半天，孙善化才醒了过来。

这天晚上临睡前，他让家人一次又一次看床，确认没有长虫后才躺下。可一合眼，三条长虫又在眼前蠕动起来，他又"啊"的一声，吓黄了脸。从此，他只要一闭眼就看见三条长虫，竟成了重病。

第二天一早，孙善化在家人的陪同下，到阳都城西南角的诊所找到了赵仲景。

听孙家人叙过病情后，赵仲景一边给孙善化号脉，一边从掉到鼻尖上的眼镜后翻起眼皮，盯着他，过了半天，眼珠一转，慢声细语道："此病好治。"

孙善化脸上开朗了一些，家人也高兴起来。

"嗯——不过，今天拿不到药，我得专门配，明天来拿吧。"他又平缓地说。

"行，行，行。"他们答应着但又不放心，"赵大夫，这病真能治好?"

"哼，不信就快走!"赵仲景生气了。

"信! 信!"

"那好，明天让病人自己来!"

尽管又是一夜未合眼，孙善化还是拖着疲惫不堪的身子，在天刚蒙蒙亮的时候就来到了赵仲景的诊所。

"我给你配了两丸药，回去吃了，病就好了。"赵仲景一边说，一边拿出两个比拳头还大点的外边像打了一层蜡的黄药丸，递过来。

孙善化接到手里，感到沉甸甸、硬邦邦的。

"这药，必须囫囵着把它吃下去，不的话，你这病就没治了！"赵仲景冷冰冰地说。

"啊，这么大，囫囵、囫囵着怎么吃？"孙善化很是疑惑。

"你的病是从眼入的，回去后，你必须整天瞅着这药丸，一边瞅一边想，到底怎么才能吃下去，瞅出吃法来以后，包你一吃就好。"

听了这话，孙善化笃信不移，回去后果真按照赵仲景说的做了起来。

可他怎么瞅，也瞅不出该怎样才能把这两丸药囫囵吃下去。一整天过去，到晚上，瞅累了，他竟趴在桌子上睡着了。

早晨一醒来，就觉着饿了，向家人要饭吃。

几天过后，他还是没瞅出吃下这两丸药的办法来。

这天，他又来到了赵仲景的诊所，愁眉苦脸地说："赵大夫，我瞅不出来。"

赵仲景意味深长地看着他，问："这几天吃饭了吗？"

"吃了。"

"睡觉了吗？"

"睡了。"

"不见三根长虫了吗？"

"不见了。"

"我配的这药是神药，不吃也能治病。你是病从眼入，药力已通过你的眼起了作用。你的病不是已经好了吗？"

有一次，家里人不小心，将两丸"神药"碰落在地上，摔碎了，仔细一看，竟是两摊黄土。

后来，当人们再称赵仲景配的药为"神药"时，孙善化全家皆不以为然，总是撇嘴："他——那是狗屁'神药'！"

 # 武林高手

阳都是一座历史名城，因系诸葛亮的出生地而远近闻名，农历九月二十九日的秋季山会人山人海，热闹非凡，在闹市中的孔明酒楼尽管已经客满，但井然有序，相对来说，安静多了。

南面靠西第一个窗户下的桌边，坐了一个40岁左右的人，神情悠然地啜着一杯当地名茶诸葛剑。杯中汤色碧绿，一片片嫩叶像一把把剑锋，叶柄恰似剑把，在水中叶尖向下垂立着。已经是秋天了，可这人右手中拿着一把羽毛扇，还不时地在胸前摇一下。

酒楼中的人们，感到不可思议，就好奇地偷眼瞅他一下。他全然不顾，照样安闲地啜着茶，只是偶尔向楼梯口瞥一眼。

突然，酒楼上进来了四、五个吆吆喝喝的痞子，大多光着头，敞着怀，其中一满脸横肉的家伙走到一个颇有姿色的青年女子面前，伸手就调戏起来，吓得那女子大声惊叫。

人们由惊恐变得安然起来，低下头，盯住了桌面子。

"光天化日之下，调戏良家女子，天理何处在？人心怎能忍？"因为酒楼上一片寂静，这几句话声音不大，却似平地响的惊雷，震得所有人都抬起了头。

窗前的那人仍然稳稳地坐在那里，只是右手中的羽毛扇平指着正在非礼着民女的大汉。

大汉和他的同伙都呆住了。过了半天，终于反应了过来："你是何人？坏老子的好事儿，活得不耐烦啦！"

那人仍坐在桌前，左手端起茶杯来喝了一口，羽毛扇又在胸前轻扇了一下，缓缓道："轻摇手中羽毛扇，扫尽人间不平事。"

"啊，高大侠，高恩清大侠。"有人这么一说，人们脸上的肌肉都松弛了一些。

大家都知道，高恩清是阳都独创扇子功的武林高人。一把羽毛扇，打遍武林无敌手。只要他碰到不平事，绝对要讨个说法。不过，一般人是很难见到他的。

自从日本人占领了阳都，就更难见他了，据传，日本人正要找他的麻烦。

这几个小痞子放开了那女子，几乎是一同向前凑了一下。被称作大侠的那人把扇子又一摇，他们一同猛得立在了原地，再也不能向前。

他们站在那里愣怔了半天，突然一齐跪下，磕着响头，求告着："大侠饶命，大侠饶命，小的们再也不敢了。"

他把扇子向外摆摆："弃恶向善，回头是岸，去吧去吧。"

那几个人好似不相信自己的耳朵，又愣了愣，才爬起来，赶紧向楼下跑去。

大侠又慢慢品起眼前的名茶来，整个酒楼也恢复了平静的气氛。

这时，侍候茶水的伙计走过来续上热水，右胳膊一抬，躬身小声道："有位先生请您到雅间水镜庄来一下，请。"

大侠的眼底浮起一丝难以被人觉察的得意，随着跑堂的伙计走去。

所谓的水镜庄其实就是酒楼上的一个非常安静的单间，里面只摆了一张桌子，他看到桌前坐着一个和自己年纪相仿的人，穿的衣服是酒楼伙计的样式，不同的是他的手里也拿着一把羽毛扇。大侠心里一阵激动，强忍着才没流露出来。

那人摆摆手，小伙计退出去了，然后又仔细地看一眼大侠，慢慢问道："你，到底是谁？竟敢冒我的名在这里行事？"

大侠把羽毛扇一扔，抱拳躬身赔礼道："高大侠，在下只是借您的威名，打抱不平罢了。"

"请坐。"高恩清借一抬手的时机，发出了内功。

扑腾一声，假冒的高恩清坐在了地下。高恩清一惊，他竟然不会武功，于是赶忙俯身来拉他。就在这时，一把匕首深深插进了高恩清的胸膛。

他站起来，看到高恩清已死去，就用桌布擦了擦手上的血迹，拿起自己那把羽毛扇，轻轻摇着走出去，向原来自己坐的桌上放下钱，下楼去了。

刚到楼下，那几个先前在上边闹事的痞子围上来："成了?"

"成了。"他轻声说道。

他们笑道："可好了，日本人会重赏咱们的。没想到，一代武林高手竟死在一个不会武功的人手里。"

他说："没有技巧是最高的技巧，不会武功是最高的武功，你们懂什么!"

这话说得那几个痞子一头雾水，迷迷糊糊地光知道乱点头，咂摸了一会儿："他狗屁，您才是真正的武林高手。"

琴 殇

　　高恩明有一最得意的琴，是他用在阳都的深山里采到的一段被雷劈断的焦桐制成的。那棵梧桐已有几百年的历史了，在一次雷击后，一棵大树被烧得只剩了一小块。这一小块，成了制琴的上好材料。

　　阳都盛产梧桐，遍野都是。这里的梧桐材质奇好，是制琴的首选材料。从唐代开始，阳都琴就成了贡品，历代延续。但很少有人能幸运地得到雷劈的桐木。

　　高恩明是阳都琴行的掌柜。他身材高挑，脸色白净，十指修长。说话办事，儒雅文静。琴行的生意多由伙计张罗。他总是一心扑在制琴上，闲暇时就以抚他自制的这琴为乐。

　　一天，他约好友墨宝斋的书画家袁皋岩来晤谈，不知为啥，袁皋岩来晚了一个时辰，进大门后还在磨磨蹭蹭，东撒西望。二人交往多年，袁皋岩就像在自己家一样，实在得很。高恩明从窗口看到他的模样，就打谱给他点颜色看看。他抚琴的动作逐渐加快，琴声由低缓转向高扬。袁皋岩在院内突然感到天色暗了下来，抬头一看，晴朗的天空突然布满了乌云，接着，电闪雷鸣，大雨从头浇了下来，他的衣服全湿透了。他很后悔自己走得慢了一步，急忙狼狈地跑进了高家的客厅："这鬼天气。"高恩明从琴前站起来，哈哈大笑："天气不是很好吗？"袁皋岩瞪着他："很好？""是啊，你再看你的衣服，再看天。"袁皋岩低头一看，全身干干的；窗外，晴空万里，艳阳高照。才知道是他的高超琴艺造成的幻象，感慨道："你的演奏真是达到出神入化、高妙至极的境界了。"

　　这年春天，日军侵入阳都，他们在中队长山本的带领下，枪杀奸淫，搞得鸡犬不宁。

　　一天，汉奸翻译带来了两个日军士兵，请高恩明去日军的指挥部演奏。人们都知道，他有个怪脾气，就是从不参加任何应酬。平时，就从来没人请动过他。大家都认定了他更是不会去为日本人抚琴的，所以都为他的安全担心。眨眼的空儿，得到消息的人们都站在了他家门前，眼巴巴地瞅着他家的大门口。可是，不大一会儿的工夫，人们看到他竟带着琴跟日本人走了出来。

人们议论纷纷："汉奸，汉奸。""人心隔肚皮啊，难看透。""平常的骨气哪去了？"

他没有搭理任何人，脸色非常平静，走得沉沉稳稳的。

来到日军的指挥部，高恩明发现廊柱上已绑着三个年轻的中国姑娘，其中就有袁皋岩的千金秋桂。她们都泪眼汪汪的。可以看出，她们经过了奋力的挣扎，已经非常疲惫了。秋桂看到他，眼里一下闪出了希望，头往前倾倾，带着哭腔："高伯伯，救救我吧。"

他理都没理她，毫无表情地把琴摆下。

秋桂她们彻底失望了，眼泪一大串一大串地滚落下来。

他接过日军士兵递过来的曲谱，按照已经排好的顺序先演奏《拉网小调》。山本在座位上一改严肃的面孔，两手随乐曲的节奏轻轻拍着，嘴里随着哼起来。刚奏完一曲，山本就呜哩哇啦着，竖起了大拇指。

在他演奏《北海道之歌》时，山本走上前，解下了秋桂，并把她往床上抱去。秋桂拼命挣扎，还是被山本扔在了上面。秋桂绝望地看了他一眼，看到他仍在全身心地演奏着。她叹了一口气，彻底失望了。

正当山本快要脱光衣服的时候，指挥部外枪声大作，天色暗了下来，日军在门外乱成一团，山本也几乎光着身子急忙提着刀和枪跑了出去。只听阳都县大队的战士们大喊："消灭日本鬼子！""缴枪不杀！""冲啊。"炮弹、手榴弹在指挥所周围连连爆炸，机枪、冲锋枪、步枪、手枪响成一片，火光耀眼，烟雾弥漫，战斗异常激烈。

半个时辰过去了，一切都平静了下来。

秋桂已整理好衣服，跑过来先解开了那两个姐妹的绳子。三人看到，高恩明仍端坐在琴前，只是嘴角在不断地往外流血。她们再看外面，只见日本鬼子已经全部死去。山本与另一日本士兵面对面地躺在地上，两人的军刀都插在对方的身体里，显然是两人互相杀死了对方。秋桂她们非常奇怪，怎么不见县大队的人影，周围也好像并没有发生大的战斗的样子啊。

她们又走到高恩明面前，秋桂用手一推，他就向右方倒去，但他的手指把琴又抚响了，秋桂听到奏出的音符是《义勇军进行曲》的开头。

在高恩明倒地的同时，这琴也彻底地碎裂了。

红 月 亮

　　阳都境内多山，山上出五彩山鸡。这种山鸡羽毛绚丽，观赏价值极高。更主要的是肉味鲜美，营养丰富。但五彩山鸡生性乖刁，很难碰到。阳都的猎人皆以猎取到五彩山鸡为荣耀。

　　高恩东是民国年间阳都著名猎手，只要扛着猎枪到山上逛一圈，从不空手回来。日军占领阳都后，抢钱抢粮，老百姓的日子越来越难。由于整日里枪炮声不断，山中的飞禽走兽都吓惊了，不知躲到了哪里。高恩东打猎的收获也越来越少。

　　他托人从上海给捎来一张刚刚兴起的捕鸟网，想着除用猎枪打点东西以外，再捕点活物卖掉，以补贴家用。

　　这天一早，他背着猎枪，提着网就上了山。天上，还挂着红红的月亮。山中，杂草丛生，荆棘遍地，侧柏、槐树、橡木高低错落。他在树空子里钻了半天，脸上被树上斜逸出的枝条划得火辣辣地疼。偶尔，从脚前蹿出一两个小小的活物，倏地跑向远处。他见没有什么值得猎取的，就没有搭理它们。

　　终于找到了一片理想的地场，他坐下来抽了一袋老旱烟，稍一休息，把网挂了起来。

　　第二天早上，天色微明，高恩东就大跨步地上了山。到网前一看，消瘦的脸上笑容绽开，满脸的皱纹挤得往一块搭叠。他张的网上套住了两只五彩山鸡，正在使劲挣扎呢。他怕它们挣跑了，就快步跑过去。仔细一瞅，两只五彩山鸡越挣被缠得越结实。他这才明白，自己这是有了一件宝贝东西。

　　他小心地把两只山鸡从网中解出来，山鸡的眼里泪晶晶的，他顾不上仔细思量，赶紧用细绳慢慢把翅膀和双脚拴紧，连早饭也没顾上回家吃一口，就提溜着上了阳都城里，蹲在早市上等买主。

不久，两个日本鬼子和一个中国人一起来到摊前，哩溜哇啦了一阵，那中国人就问价，高恩东说两块大洋一只，那人就说皇军看上了，识抬举点吧，拽下两块大洋，提起两只山鸡就要走。

　　五彩山鸡"咯咯"地叫起来，他又看到了两只山鸡眼里的晶晶泪光了。没来由的，他的心就咯噔咯噔地跳起来。

　　这天过后，他张的网上逮不着东西了，挪了几个地方，最多时能逮着几只麻雀。

　　一次，他在山中发现了一只狍子，摘下枪来就向前瞄去。突然，他的心又咯噔咯噔跳起来，就怎么也瞄不准了。他的眼前竟突然出现了两只五彩山鸡的泪晶晶的眼睛。他扣动了枪机，可狍子的踪影早不见了。历来百发百中的他，第一次打了空枪。

　　以后几天，他没有打到一个猎物，他神奇的枪法无故地失掉了。

　　"俺想赎回那两只五彩山鸡。"高恩东战战兢兢地撮着两块大洋，在日军据点里哀求着。

　　那当翻译的中国人生气地说："要不是太君的孩子喜欢，早进肚子了，想要回去，没门啊！"

　　在里面转悠时间长了，他被撵了出来。不过，他看到那两只五彩山鸡，正在一个笼子里被养着。

　　到了深夜，他又趁着站岗的日军打盹的时候，偷偷转进了日军据点，把两只山鸡偷到了手。正小心地往外跑着，被发现了。好在日军只拼命放枪，不敢出动。他的左腿被击中，热乎乎的血不住地流。他不管不顾，终于跑了回去。

　　一夜没睡安稳。天还不亮，大半个月亮贴在天幕上，红彤彤的，像被血染了一般。他拉着伤腿，提着两只五彩山鸡上了山。到了网前，他三把两把把自己张的网扯下来，缠了缠，一把火烧了。然后，他把拴山鸡绳子解开，慢慢放开手。

　　两只五彩山鸡被关了几天，猛地被放开，有点惊慌，略一愣怔后，才展翅飞了起来。

　　这时，高恩东从肩上拿下猎枪，不慌不忙地举起来，对着飞起来的两只五彩山鸡，眼到手到，一扣枪机，"嗵"的一声，烟雾散开的同时，两只山鸡"啪啪"地落在地上。

把枪收起来，脸上的皱纹又往一块挤，无声的笑就漾开了，然后他狠狠地啐一口："娘的！"

　　正当他为自己的枪法恢复高兴的时候，日本鬼子把他抓进了据点。

　　枪杀他的时候，是一个大清早。

　　一声枪响，红红的已经变圆了的月亮，都好似颤了几颤……

石　蛹

阳都多山，山上多石，周围村子里多石匠。石匠们梦寐以求的就是在起石头的时候能起出里面的石蛹。据《阳都志》记载："石蛹，阳都特产，滋阴壮阳，解百毒，唯难遇之。"很多石匠起了一辈子石头也没在石头中碰上过，所以，石蛹被视为无价之宝。

同治11年，镶蓝旗满洲人菘骏出任阳都知府。在接风宴席上，阳都大户献上了两条石蛹，使其大饱口福。后来的所有继任知府都曾多方搜求，但再也未见到过，留下了无穷的遗憾。

民国27年，侵华日军血洗阳都时，对近60个石匠手下留情，一个未杀。枪炮声停下后，日军便把阳都所有石匠集合起来，登记造册，列队训话。只见一个五短身材、腰挎大刀的日本军官呜哩哇啦了一阵，一中国人在旁边翻译道："松井队长说啦，他认真研究过中国地方志，知道阳都产一种石蛹，谁能献上石蛹就免谁一死，若10天后还拿不出来，就只有一死了。"

散会后，所有石匠都愁眉苦脸，唉声叹气。这些家庭中的气氛比已被日军杀过人的家庭的气氛还压抑，等死的滋味更让人难受。

里面有一个年轻的石匠高恩茂，素来智足多谋，人们都把目光投向他，见他也毫无办法，只好被动等死，绝望的气氛进一步漫延开来。

可是，刚过了4天，高恩茂家就有了生气，全家人脸上都有了笑模样。

人们纷纷传说，高恩茂在石头中起出了一条石蛹，已经献给了日本人松井，松井当着保长的面连连夸奖他是大大的良民。

石匠们都很眼热，不断溜地赶上门来，向他打听是怎么找到的。

他总是笑而不答。没过多长时间，几乎所有的阳都人都对他产生了一种深深的恨意。很多人当面就骂他汉奸，他也毫不生气。

石匠们知道石蛹难寻，但为了活命，只好没白没黑地拼命起石头，盼望能碰上好运气，也找到一条石蛹。

又过了3天，其他石匠们还是一条石蛹也未起出来。有两个石匠按捺不住了，想偷偷地逃跑，跑出不到10里路就被日本人抓回来活活地剐了。

人们对高恩茂的恨更深了。

但还是有一些人偷偷地来向他讨教。到第9天上，他终于开口了。他说："要想起到石蛹，必须看好时辰，还得看准蛹路。石蛹是宝物，哪能随便就起到！"

来人脸上堆满了卑微的笑："那是那是。"

看到高恩茂又不说了，他向前凑凑，声音里已有了哭腔："都是乡邻乡亲的，您就行行好，给兄弟爷们指条活路吧。"

"行是行，就怕你们不听我的。"高恩茂在继续吊他的胃口。

"只要应付过日本鬼子去，保条命，你让我们干什么都行，绝对听你的。"这人表决心道。

高恩茂继续慢悠悠地说："通过找那条蛹子，我认识了蛹路，并知道了什么时辰才能起到石蛹。"

他急急地追问："到底什么时候呢？"

"后天早晨，只要所有石匠都到北大山的试刀石前，我保证人人都起到石蛹。可全阳都的石匠要有一个不到，就起不出一条来。若让日本人知道了，那就更起不出来啦。"高恩茂一脸严肃，让人感到毋庸置疑。

从此开始，石匠们中间的那种绝望的气氛消失了一些，尽管有些人还将信将疑，但都把希望寄予高恩茂的身上。

这天早晨，东边的天空才刚刚放亮，黎明前的黑暗还笼罩着阳都大地。北大山上的试刀石前就聚集了黑压压的一堆人，他们全是阳都的石匠。高恩茂逐一点了一下，除被日本人杀死的那俩人以外，所有的石匠都到齐了。他爬上了传说中北宋名将孟良曾试过刀的那块大石头。

人群中一点动静也没有，都把目光热切地投向站在石头上的高恩茂。

他干咳了两声，开始说话了："伙计们，咱一家人不说两家话。我是给小日本鬼送过一条蛹子，但那不是石蛹，而是能变山山牛的黄虫。"

石匠们中的安静一下子被打破了，都瓮声瓮气地议论开了。

高恩茂两手往下压了压："听我把话说完，伙计们。我给他的黄虫他早晚会识破。要是咱都去送黄虫，是绝对不行的。我之所以这样，是为了让小日本有个盼头儿，更是为了救大家。"

人们又安静了下来。

他接着讲道："我们已几辈子都不见石蛹了，日本人让咱们 10 天内每人都交石蛹，这可能吗？他是为杀我们找借口啊。要活命，咱们就拉杆子，与他小日本鬼干。这是咱们的唯一的一条路。"

他们成了阳都第一支抗日游击队，到徐向前的部队来阳都时，他们已发展到 200 多人，近 300 条机枪和步枪的规模。

全国解放后，阳都光在外工作的县团级以上的干部就有 300 多人，出自这支游击队的就接近 200 人。

至今在阳都，石匠们起石头时，都仍在细心地寻找着石蛹，但到现在为止，还未有发现。

 # 叫 好

街上，日军"踏、踏、踏……"的走路声不时响过，反而显得整个阳都城更加沉寂了。

阳都治印名家"抱石居"门前冷落，主人袁顺祥斜倚在柜台里边，目光忧郁地瞅着冷清的街道。

日军进城后的烧杀抢掠已暂告一段落，但阳都人心灵上已留下了沉重的阴影。

翻译领一日本士兵耀武扬威地来到坐北朝南的"抱石居"门前，弯腰道："袁老板，辽谷太一郎中队长请您今晚去长春富贵园看京剧，时间定在七点开始，请务必赏光。"

袁顺祥从鼻中"哼！"了一声。

"今晚是贵和主演的《陶三春》，请您一定光顾，否则皇军还会来请您的。"翻译把"请"字咬得很重。

他们走后，袁顺祥想，这是日军要试探阳都人的抗日情绪到底有多高，《陶三春》中有些唱词是很能煽动起抗争的心境的，特别是其中的"来文杀文，来武杀武"等唱句。

晚上，袁顺祥准时走进了长春富贵园。他发现，里面气氛很压抑。四周布满了荷枪实弹的日军士兵，场子中也有日军在来回走动。座位上坐的大多是阳都名人。

辽谷太一郎看见袁顺祥进来后，立即起身相迎："袁先生，您的篆刻作品大大的了不起。字体蕴藉浑厚，有规矩入巧之妙啊。特别是那敦厚雄放之势，给人一种庄重感。跌宕变化有奇趣啊。"

袁顺祥不置可否地坐下了。

辽谷太一郎眉峰耸了一下，随即一笑："这里，今晚太沉默了，不像戏

园子啊。我敢打赌，袁先生，今天晚上，你们中国人是没有谁敢对这出戏叫好鼓掌的！"

袁顺祥又从鼻子里"哼"了一声，未理他。

长春富贵园是闻名远近的著名京剧班子，演艺高超，而尤以贵和演的《陶三春》最为有名，行家评说已臻化境。日军是为了试探，也是为了欣赏。

果真，演出开始后，气氛沉默，整个园子里一点动静也没有。

袁顺祥感到浑身燥热。

尽管气氛很压抑，贵和越唱越来了精神："来文杀文，来武杀武！"

"好！"袁顺祥大叫一声，鼓起掌来。

立时，全场响起了叫好声，鼓掌声。

贵和唱得更有劲了："来文杀文，来武杀武！"

"好！哗——"又是一阵叫好声，鼓掌声。

这时，袁顺祥感到后脑勺被顶上了一支冷冰冰的枪管，接着"砰"地响了。

台上，贵和正底气充足地第三次重唱："来文杀文，来武……"

又是"砰"的一声，他也倒下了。

整个园子一下子乱了起来，人们大喊："同胞们，一齐动手，与小日本拼了！"

厮打声，枪声响成一片。

《阳都志》载："民国32年11月上旬，日第十二军扫荡时，占领阳都城，在长春富贵园，阳都人与日军赤手搏击，102人罹难。日军死25人，伤38人。"

金鸡钻石

枪炮声时大时小地传了过来，距阳都城西南20公里的李庄处在一片惊恐之中。人们都知道，日本人已经占领了阳都城，今后不会有安稳日子过了。

村民周绍帮更是坐立不安，他时而愁眉苦脸地坐下，时而又唉声叹气地站起来。

"老周在家吗？"随着问话声，从大门外进来了保长朱希品，"我说老周啊，我来找你坐坐，咱们好好聊聊。"

"保长，您坐。"周绍帮带着一脸愁楚。

朱希品瞅瞅周绍帮的脸色："老周啊，俗话说，鸟为食亡，人为财死，现在日本人打了过来，咱们没有安生日子过了。你种菜园时刨出的小金鸡可得保管好啊，千万别惹火烧身呀。"

周绍帮故作轻松："保长，都是传言，没有影的事儿！"

"唉，这是一颗特大钻石啊，核桃样大，像刚出壳的小鸡一般，他们早晚会知道的！"朱希品很替他着想。

周绍帮觉得不能轻信保长："保长，确实没有，有的话……"

"藏好啊，千万别让日本人弄了去！"朱希品打断他的话，又嘱咐了一句，就走了。

朱希品走后，周绍帮又坐下起来，起来坐下了无数次，终于下定了决心。他走出大门外，向四周仔细瞅了瞅，确信周围没有人后，回来关上大门，上了门闩，才来到窗前的石榴树下，挪开水缸，刨了一个坑，急急地将这颗重达1两8钱的金鸡钻石细心地埋了下去，然后又把水缸挪回到原来的位置，认真伪装了一番，这才稍稍把心放了下来。

"梆梆梆！"第二天早晨，周绍帮刚起床，就又传来了敲门声，他的心一下子又悬了起来。

他开门一看，一矮壮的日本军官领着十几个日本兵站在他的门前，朱希品也跟在来人之中。这矮壮的日本军官咿哩哇啦一阵后，翻译官走上前来："皇军说啦，请你交出金鸡钻石，为共建大东亚共荣圈效力。否则，死了死了的。"

"这是从哪里说起的，俺从来没见过你说的那种鸡啊。"周绍帮急红了脸辩白道。

矮壮日本军官走上前来，横眉竖眼地哇啦一声，"啪"地扇了周绍帮一耳刮子，向窗前石榴树下的水缸一指，又哇啦一声，两个日本兵跑过去，一枪托子将水缸砸碎，不一会儿，就将金鸡钻石挖了出来。

周绍帮的脸色一下子变得煞白，浑身乱颤，眼看要晕倒，但他还是强忍住了，身子站得笔直。

临出大门前，朱希品又回过头来，发现周绍帮正恨恨地盯着他，便低下头，快速地出了大门。

"罪人啊，罪人啊，我是罪人啊。"周绍帮疯了，不断地重复这句话。

不久，人们发现周绍帮吊死在他家窗前的石榴树上。

据 1993 年版本《阳都志》记载："到目前为止，我国共发现 4 颗特大钻石。其中，民国 26 年在阳都李庄发现的金鸡钻石为我国特大钻石之最，重281.25 克拉，民国 27 年被侵华日军军官川本定熊掠去。"

神　眼

　　钱三，阳都孙村人，能在伸手不见五指的夜黑头天看清五十步开外的物件，号称"阳都神眼"。

　　一次，某村人与钱三在夜里走黑路，伸开五指问："钱三，你看我手里有什么？"钱三嗤嗤一笑："有个俅！"又一次，也是黑夜，另一人将一根缝衣针悄然扔在地下，说："哎呀，我的针掉了。"钱三弯腰就拾了起来。

　　民国十一年夏，匪首周天松率一伙土匪攻入汶河岸边的孙村，将钱三等一干十三人掳入鼻子山匪窝。周天松知道钱三是有名的"阳都神眼"，把他视为上宾。而且和他一同被掳来的十二人中，有八人被家里高价赎回，其余四人因家中无钱被二头目撕了票。唯独对钱三，周天松既未让他的家人拿钱回票，也未撕票，只是整日好酒好饭招待他，还耐心地教他打枪。

　　钱三住在山中，看四面山峰林立，密密匝匝的山林像绿色云雾一般，空中不时吹来清爽的山风，他的眼中一片迷茫……

　　这日，周天松又在山洞里安了一桌，单请钱三。面对满满一桌山珍，钱三忧心忡忡。周天松哈哈大笑起来：

　　"兄弟，你放心，过几天我就放你下山回家。只不过是老哥我有事请你帮个忙。来，请喝了这杯！"

　　"哐"的一声碰杯，周天松仰脖将酒灌下，盯着钱三："喝，兄弟！"

　　钱三见走又走不了，跑更跑不了，只好安下心来，该吃就吃，该喝就喝，不久，枪也练得百发百中了。

　　又一次酒足饭饱之后，周天松交待给钱三一件事，说办完后就让他下山。从此，钱三白天就蒙头大睡，一黑天就爬起来。

　　在一个伸手不见五指的黑夜，人们都入睡了。半夜里，钱三发现周天松的三姨太悄然从山洞里走出来。偷偷向山下走去。四十步开外的一棵马尾松

的三姨太悄然从山洞里走出来。偷偷向山下走去。四十步开外的一棵马尾松

树下，二头目正焦急地来回打转转儿，听到三姨太的脚步声后，钱三发现他的脸上立即放出了光彩。

钱三立即跑回山洞口，让小喽啰立马叫醒大王。周天松睡眼惺忪，提着手枪，披衣出来，与钱三悄手悄脚地向山下走去。

"怎么样啦?"天太黑，周天松看不清，急急地问道。

"大王，三姨太和二大王挽着胳膊走呢。"钱三在一边解说道。

周天松的喘气声粗起来。

"大王，三姨太和二大王在前边那块大石板上坐下啦。"钱三又向他解说道。

周天松从鼻子里哼着："奶奶的，他奶奶的。"

钱三又急急说道："大王，二大王把三姨太揽到怀里了，对嘴开啦。"

"奶奶的，他奶奶的!"过了一会儿，周天松又说："钱三，你扔几块石头，让这对鸟男女出来。"

几块石头扔过去后，男女二人慌慌地从石板上站了起来。

钱三看见三姨太恋恋不舍地急匆匆向山上走去，二头目在原地站着目送她。

钱三说："大王，三姨太回去了，二大王还在呆呆地站着呢。"

周天松把手枪递给钱三："我看不清，兄弟你给我把他灭了!"

钱三从来没杀过人，有点怕，但一想到同村的那四人就是被这个二头目撕的票，怒从心上起，接过枪，瞄准二头目的脑袋，一下子勾动了扳机，二头目一头栽倒了。

周天松急步上前，照着地上的二头目又是几枪。

山上的土匪听到枪声，乱乱地向这边跑，周天松喝一声:

"没事了，回吧。有人要跑，我给灭了。"

第二天早晨，周天松一直把钱三送到山下，从怀里掏出一包东西，递给他："兄弟，老哥我感谢你帮了我这个忙。这是几块银元，回家好好过日子吧。"

钱三双手接过来，泪水蓄满了眼睛："谢了，大王!"

钱三走出三十步时，周天松在后面举起手枪瞄准了他，一声清脆的枪响久久在山间回荡……

神 笔

　　魏亮，阳都人，著名书法家。他学书法的路子与常人不同，常人练字皆从唐楷入手，他却从汉隶入手，上追秦篆，下归晋唐，然后宋四家，一路下去。通过几十年苦练，真草隶篆，诸体兼精，被人称为"阳都神笔"。

　　民国二十七年春，日军板本支队的松野中队占领阳都城，奸杀烧掠，无恶不作，全城处于一片哭叫声之中。

　　这日，一个五短身材、留仁丹胡的日军军官腰挎战刀，领两名随从来到魏亮家的大门外，轻轻敲响了魏先生家的大门。他敲了半天，里面毫无动静，两名随从"嚯"地从腰中拔出了短枪，他立即用严厉的眼光制止了他们。

　　他贴着门缝，向里面礼貌地喊道："在下松野，特来拜访著名书法家魏先生，向魏先生请教中华书道，请先生开门！"

　　一连五天，松野天天带着两随从来魏先生门前叩门求见，魏家的大门始终未对他打开。

　　第六天，松野又在门外以虔诚的声音哀求："在下松野，久慕中华书道。这次入城，不惜冒险违反军纪，严禁下属骚扰先生，为的是求先生开恩，让我见上您一面。"

　　大门终于"吱扭扭——"开了，魏先生表情冷峻，用仇视的目光盯着松野，只见松野满脸受宠若惊的神情，遂冷冰冰道："请。"

　　坐到魏先生家的客厅里后，松野真诚地倾诉道："魏先生，您是中国著名书法家。我从小就喜欢中文，向往中国，对中国书道更是心仪已久。我在东京大学外文系读中文时，就见过您流传到日本的书法作品，对您佩服得很。多日拜访，不能得见尊颜。今承蒙不弃，让我登堂入室，不胜荣幸。"

　　魏先生不亢不卑："中国书法讲究心正笔正。贵军入侵我华夏，烧杀抢掠，奸淫妇女，与我中华书法之道格格不入，你也配谈什么书道？"

松野神色黯淡了下来："服从命令乃是军人的天职，我等的过激行为，的确给中国人民造成了极大的痛苦和不幸，但我只是个中队长，我无能为力，我也约束不了我的部下。"

最后，他告诉魏先生："我们就要开拔了，恳请魏先生赐墨宝一幅。"

魏先生冷冷一笑："好！"

家人皆大惊失色，连连用目光制止魏先生。

魏先生视如不见，提笔先蘸清水，在宣纸上胡乱画了一通。正在松野惊诧之际，他饱蘸墨汁，面对铺在案上的宣纸，凝神片刻，断然下笔。刹那间，一幅大草书法作品完成了。只见上面写道：

"会通之际，人书俱老。民国廿七年春月阳都魏亮书。"

松野击掌叫好："好，好，孙过庭《书谱》名句，先生写得端庄雄伟，气势开张，瘦挺峭拔，遒劲郁勃，真乃神笔也。"

3月16日，松野中队参加了阳都城南的茶叶山战斗。几经反复，眼看中国军队第二次又攻上了茶叶山。此时，松野中队已全军覆没，松野也身受重伤。他把战刀一扔，掏出魏亮先生的书法作品，展开，又认真欣赏起来。只见字体上正一滴滴向下流着红色的血液，上面的字也变成了："无恶不作，死有余辜。日军必败于茶叶山。"

"魏先生，真神笔也。"松野大叫一声，遂拾起战刀，剖腹自杀。

《阳都志》载："魏亮，书法家，汉奸，曾与侵华日军中队长松野过从甚密，后被正法。"

纶　帽

我爷爷说，那时候，咱们阳都境内的漫山遍野里，纶草非常丰茂，很多人家都把它当柴火，烧水做饭，如今绝了迹，竟变得金贵起来！

爷爷是有感而发，他正在看的《参考消息》上说，一顶阳都纶帽在巴黎的拍卖会上，卖到了 18 万法郎。

接着，爷爷就陷入了对往事的回忆。

民国二十八年夏天，徐向前的部队驻扎阳都，梁漱溟也正好来参观抗战，这时就发生了让我爷爷永生难忘的那件事。

一有机会他就追述这件事儿，并且经常拿出他与梁先生的合影，指着梁先生头上戴的草帽，感慨道，哝，这就是那顶草帽噢。它就叫纶帽，诸葛孔明戴的纶巾也是用纶草编的。但那时候纶帽不值钱，差不多家家都会编。很少有卖纶帽的，就是卖也卖不出几个钱。

当时，梁先生来到了我们阳都双凤村。这里住着徐向前部队的一个连。梁先生与战士们喝了半个月的绿豆地瓜饭，不经意地听到了那件事儿，就从我爷爷家中找出了那顶草帽，与爷爷照了这张合影。梁先生还言犹未尽地连连说，这样的军队才是充满希望的啊。

其实，梁先生听说的那件事儿在我爷爷看来是微不足道的。

有一次，队伍上的一个炊事员冒着小雨去买菜，爷爷就主动把草帽扣在了他的头上，这个炊事员推脱了一阵后，才戴了去。

过了几天，这个参加过长征的炊事员泪眼汪汪地来找爷爷，满脸歉意，老乡，对不起您啦，草帽让我弄丢了，这是赔您的款子。

哎呀，一顶破草帽还赔什么钱！爷爷当时感到很可笑，庄稼人自己编着戴的草帽，俺家里有的是，不用赔！

老炊事员却没完没了，直到爷爷收下他的钱后，才露出笑容。

不久，队伍就又在村前的广场上集合，很多老百姓去看热闹。每回队伍集合都是又讲又唱的，村里人就都爱去看。爷爷那时才18岁，是爱凑热闹的人，也去了。

看着看着，爷爷就感到这天与以往不同，炊事员在台子上站着，神情很沮丧，爷爷就担心是不是与自己的草帽有关。

一人站在台上来回挥手，队伍就唱，其中有一句是，不拿群众一针一线。爷爷后来才知道，这是一首著名的歌。爷爷说，我们的队伍就是唱着这支歌打下天下的。

唱过之后，炊事员就走到台子中央，满脸痛悔地说草帽的事儿，整个会场就变得一片寂静了。

接着，又有一些战士上台发言，神情都很严肃，最后又有一个当官的讲话，还是说的这个事儿。

对于这件事儿，爷爷唠叨了一辈子，最后总是这样结束，这样的队伍，真严。

让我爷爷更难忘的是，草帽不久后就找到了，炊事员把它晾在墙头上后忘了，结果这顶绒帽被风吹到了野外，正巧被爷爷发现了，顺手拣了回来。

爷爷拿着草帽，又去了队伍上，告诉了炊事员和首长，并要退钱。钱怎么也没退下，队伍上说，纪律要严明，赔了就对了。

当时，梁先生是从国民党省政府所在地东里店进入阳都的。两下对比，梁先生对国民党更加失望，他说他们，"纪律松弛"，"酒菜奢侈"，"绝不似身处山村之中，更鲜艰苦抗敌之意"。

从此，梁先生也看到了民族希望之所在，逐渐走向了革命阵营。

爷爷充满怀念地说，梁先生那么喜欢绒帽，本想送他一顶，可梁先生怎么也不要，只是戴了戴，照了这张合影。

爷爷一再说，他那顶绒帽要是保留下来的话，要值18万法郎还多得多。

对他这话，我们都神情严肃地点头，表示相信。

纶　席

　　纶席，阳都特产，即用编织诸葛孔明佩戴纶巾的材料编织成的席子。这种席子既柔软又坚韧，且冬暖夏凉，是阳都八宝之一。

　　每年秋后，山岭上成熟的纶草变成焦黄色的时候，百姓们就到自己的山地上收割纶草，卖给高记织席坊，换取几个铜钱补贴生计。高记织席坊用它编席，卖往四方，赚大钱。

　　高记织席坊的老板高良一是不干活的，他专门雇了一个编席的大师傅为他编席。这个大师傅叫高良运，是他同村的本家。高良运编席的技术是祖传，篾子被破得宽窄厚薄一致，颜色搭配精巧，既耐用又美观，销到大半个中国。他和他的后人编的纶席，有一部分被当时的传教士捎回去了，至今在美、英、法等国的一些博物馆被珍藏。

　　东家待高良运不薄，高良一下午好喝一小气儿酒，酒是阳都名产诸葛老窖，没有其他人的时候，就喊大师傅来一起喝。高良运就有了知遇之感，更加卖力地为东家干活，从没产生过外心。

　　这年秋天，来了一个神秘的客户，看了看样品后就离去了。

　　晚上，这个头大体胖、红光满面的客户悄悄地钻进了高良运住的破草房，先是称赞他的手艺，接着说："高师傅，我在咱阳都买了一个地方，想开个编席厂，给你的工钱会比高良一给的高十倍，到我那里去干吧？"

　　高良运的身体颤抖了一下，抬头看看低矮的破草房和空荡荡的院子，低头不语。

　　这人站起身来："这样吧，你再考虑考虑，明天我再来听你的信儿。"

　　高良运抬起头来，使劲摇了摇，坚定地说："别啦，俺不去。"

　　客户一下子撒了急："给你二十倍的工钱，怎么样？"

　　高良运知道，在阳都，精通纶席编织的只有自己，他若不去，此人的前

功就尽弃了，

但他还是摇了摇头："俺不能去。"

光绪二十七年，阳都大旱，粮食颗粒无收，纶草也只长到寸多高就干了，高良运的生活一下子陷入了困顿。此时，高良一经常地接济他，并把他家的一个丫环送给高良运做了老婆。

从此以后，高良运对东家更加贴皮贴骨、忠心耿耿了。

到民国十六年高良运去世前，他一家人仍然住在两间破草房里，过着捉襟见肘的日子。

而此时的高良一家已由经营纶席发了大财，在上海办起了纺纱厂，越过越红火。

高良运去世后，高良一仍在阳都主持编席作坊，高良运的儿子高小运成了纶席的正宗传人，很自然的继续在他家卖力。

某日，又来了一个年轻的客户，在作坊里打了个逛儿，粗略地看了看样品，一句话也没说就走了。

天黑以后，他又敲开了高小运破草房的门，开门见山地说："我要办个大编席厂，想请你去干，绝不会让你干一辈子住着两间破草房。"

娘在一旁说："儿啊，东家对咱有恩，咱不能做不对人的事儿啊。"

高小运尽管没答应这个人的聘请，却多了一个心眼儿。不久，他就与东家分了手，开始自己编席。看到儿子如此，娘又哭又骂。后见儿子铁了心，也就任他了。但心里一直为儿子借的那笔钱担心。

高良一年事已高，来劝了几次，见他主意已定，只好放弃了自己的作坊。一气之下，搬到上海儿子的纺纱厂去住了。

儿子们一直劝老爷子去上海生活一直劝不动，没想到老爷子自己来了，也就没回阳都去难为高小运。

事实证明，娘的担心是多余的，仅仅几年工夫，高小运就盖起了 5 间大瓦房，修起了高门大院，日子一天比一天红火。

接着，他又建起了 10 间编席作坊，雇了 20 多个短工，还有 4 个长工，大干了起来。但不论什么时候，他绝对不把编纶席的关键技术传给别人。

他编的纶席，在高良运的基础上，运用纶草的自然颜色，更加巧妙地搭配，有的编上了八卦图，有的编上了龙凤呈祥，有的编上了牡丹，有的编上了芍药，有的编上了麻姑献寿，有的编上了天女散花，有的编上了"身体健康", 有的编上了"爱情坚贞"。他编的纶席价格大涨, 却更畅销了, 简直可以说是供不应求。当然, 他也成了远近闻名的大富户, 财产成几倍地增加。

解放后, 高小运被镇压了。使用纶席被说成是地主资产阶级老爷们的生活方式。老百姓就到山上连根刨掉纶草当柴烧以表示革命。又加上高小运没有男嗣后人, 编纶席的手艺没有传下来。

现在, 在阳都, 纶草早已绝迹, 纶席也成了传说中的物件。前几年, 在美国加利福尼亚举行的一次拍卖会上, 高小运编的一领带有八卦图案的纶席卖到了 15 万美元。

之后, 很多外商想来阳都投资办纶席编织厂, 皆乘兴而来, 败兴而归。

编制纶帽

袁方海正低着头仔细地编纶帽，就感到有人站到了他的跟前。一抬头，啊呀我的妈，竟是一个五短身材的日本人，身边还有一个低三下四的中国人。小日本才占了阳都不儿天，怎么就到我家的门上来了？他又惊又怕，不知所措，愣了。但他还是站起来，拍了拍膝盖和裤腔上的土，胡乱地搓着手。

先是呜哩哇啦了一阵，接着，小日本鬼儿黑糊着脸，伸出粗短的手指，向身边的中国人粗暴地划拉了一下，用生硬的中国话说："你的，翻译的干活。"

这个中国人就学舌道："皇军说了，你不要再编草帽了，大日本的东洋草帽已经运抵阳都了，以后阳都只准卖东洋草帽，不许你再卖这种破玩意儿。"

这个黑矮的小日本鬼儿一脸凶相地拍了拍腰里挎的大刀，一副恫吓的样子。

"俺的天，不叫俺编草帽俺吃什么？"袁方海一下子急了，顾不得害怕地争辩道。

那中国人直起腰："娘的，你他妈的爱吃什么吃什么，关皇军的什么屁事儿！要是不听话，小心你的狗头！"

"快快快，快把草帽都堆到柴火垛上去。"翻译又不耐烦地催促。

袁方海没动，日本人"唰"地一下子抽出了大刀，横在他的脖子上。

家人都吓坏了，听话地照着做了。

那中国人到小日本跟前哇啦了一阵，日本人笑了笑。袁方海感到，这才是小日本鬼儿发自本心的笑，里面包含着一种深层的东西。笑过后，点了点头。翻译就过去点了一把火，在这些禽兽充满兴奋的目光的注视下，袁方海的纶草和纶帽被烧了个一干二净。

在他和家人的哭声里，日本人和翻译扬长而去。

时值春夏之交，正是卖草帽的大好时节，袁方海以前给各店铺和地摊的货都被日本人给烧了，他只有眼睁睁痛苦的份儿。走到街上，就看到东洋草帽充斥了大小店铺和地摊。

有熟人说他："袁师傅，东洋草帽咱戴不惯，你快编吧，怕那些小日本鬼儿！"

他苦笑笑，什么也说不出来。

某日，他正在为日见困窘的日子发愁，家里突然闯进了一个矮墩墩的胖子。他一看，气就不打一处来，原来又是那个小日本鬼儿！尽管充满了愤怒，但不敢表现出来，只是脸上显得冷冷的。

"我的，叫小山一郎，"小日本鬼儿黑黑的脸上使劲地挤出了一丝笑容，简直像已烧成的满是裂纹的木炭一样，只从两只小眼睛中能看出这是一个活物，"你的草帽编得大大的好，纶帽是名品，纶草曾编过诸葛亮的纶巾，你的知道不？纶帽编下去，我的统统要了，但不要让别人知道。"

正当袁方海惊诧不已时，这个小日本鬼儿扔下两块银元，又变得面目凶狠了："要不好好编，死了死了的！过几天我来取，谁也不许让他知道。"

"我，我就是想编也没有草啊。"袁方海又气又恨，没好声气地嘟囔着，摊了摊手。

日本人用毋庸置疑的话结束了这次见面："就这样，纶草的事儿你想办法。"

他不知道日本人究竟想干什么，不干吧不行，不干没饭吃啊，干吧也害怕，后来他看了看地下的银元，就干了。

他冒着很大的风险，偷偷地到一些村里收纶草，回到家里再打通宵编。好在他技术娴熟，摸黑也能编得很精致。当时他也不敢点灯干，保长经常查夜，一旦查着就不得了。

过了不几天，那个日本人真的又来了，扔下几块银元，就把他编的草帽全部偷偷地弄走了，他的生活又维持下去了。

过了很久他才知道，这个小山一郎竟在侵略中国的时候，偷偷地做买卖。他把袁方海编的纶帽，有的卖到了外地，有的卖给了他的战友，他们都很喜欢。

在中国军队解放阳都时，日军全部战死。

袁方海专门去看了看，一下子就发现了已死的小山一郎。

他竟还戴着自己过去编的一顶草帽！

不知怎的，袁方海心里突然产生了一种复杂的感情，说不清，道不明。

去年有一日本友好访华团来阳都，内有一老者拿出一顶纶帽，要求再买几顶新的。但阳都的纶草已绝迹，很多人根本不知道如此精美的纶帽竟是当地所产。

画　鸭

　　阳都高雪岩先生，是国画名家。他最擅长的是画鸭。年龄才五十五岁，声名鹊起已十年了。他有一怪癖，从不自己题款。每幅画画好并钤印之后，必送往阳都城北的艺宝斋，让年少于自己十几岁的斋主李天祥题款。几十年来，二人配合默契，名声都很大。

　　某日，年轻后生王世忠来高雪岩先生处投师学画。高先生毫不客气，一连十八天将其拒之门外。

　　第十九天，王世忠又来到先生门前，仍恭手执礼，谦谦如也："先生，收下我这个徒弟吧。弟子情愿做牛做马，也要跟先生学画"。

　　高雪岩看他如此心诚，心里一热，慢悠悠说道："要学画，去艺宝斋，找李天祥。"

　　王世忠学画心切，尽管不大情愿，但转念想一想，觉得李天祥名声也很大，且装裱店中，可过眼的画必多，高先生都如此推重他，便高高兴兴地去了。

　　来到艺宝斋，王世忠一开口，就又被李天祥冷冰冰地拒绝了："我只是个装裱匠，从不愿受人嘈嚷，也从没打算收徒。要学画，您应去找高雪岩先生，他是名家。"

　　王世忠道："正是高先生让我投师于您的。"

　　听到此话，李天祥脸上露出一丝不易觉察的笑意，竟愉快地收下了王世忠这个徒弟。

　　在一起时间长了，王世忠发现，李天祥独身一人，除顾客外，绝无其他人与其有交往。生活上粗茶淡饭，马马虎虎，从不讲究。王世忠很疑惑，师傅为什么不找个师母照料一下日常生活呢？

　　接着，他还发现了更有趣的事儿，李天祥在为高雪岩画的鸭题款时，每次总是先在他所画的鸭背上再用淡墨横扫一下。这一笔，扫得干净利索。一笔下去，水晕墨章，节奏气势，尽出其中矣。然后，李天祥才用吴昌硕行楷字体在高雪岩铃的朱红名章上方根据所留空间的大小，所题内容的多少，合理布局，一气呵成，一幅神妙的艺术品就这样最终完成了。

有时，兴致来了。李天祥先生也在案桌上铺开宣纸，提笔蘸点朱红色料。凝神片刻之后，噌噌两下，宣纸上出现了朱红色的鸭喙。接着用墨色上下两笔，快速画出圆中略呈三角形并带有绒毛感的头部。再用侧锋画出柔而有劲的鸭颈，再接一笔，画出小鸭胸部的龙骨结构和体积。用笔根部稍淡的墨色提顿一下，小鸭尾羽部又出来了。这时，李先生停一下，用笔蘸点浓墨，加点水使墨色渐淡，又干净利落地画出了小鸭的翅膀。接着用淡墨横扫一下，扫出鸭背。最后画出小鸭朱红色鸭掌，点上黑睛。一只小鸭活灵活现地画了出来。

但是，李先生很少作画，画了以后也立即收藏起来，从不示人，更不张挂。王世忠跟李先生时间长了，竟也看出了门道儿，其实李先生画鸭技艺比高雪岩高，高先生画的鸭背缺少才气，需李先生补扫一笔才成，李先生才是画鸭名家！

相处时间越来越长，二人交谊越来越深。有一次，王世忠问起了这个话题，李先生说："年轻时我是个孤儿，很穷。爱吴昌硕的行楷字，更爱画鸭。那时流落街头，沿街乞讨，并结识了一漂亮女丐。后来，高先生收留了我俩，管我们吃住，后来并教会了我装裱书画，资助我开了艺宝斋。从此，他总是让我题款裱画。我可以不谦虚地说，其实我画的鸭比高先生的强，但我一直想着回报他，从来不对外画。"

王世忠想，其实高雪岩先生也很明白这一点，才不收我这徒弟，让我投师李先生，高先生是爱护我啊。

三年后，王世忠学成出师，成了一画鸭名家。想到当年高先生的推荐，每怀感激之情，时常到高先生处拜访、探望。有一次，王世忠鼓起勇气，说起此事。高先生笑笑："李先生是名家。至于鸭背，是我故意留的一处破绽。我得促他成名啊。"

王世忠又追问道："当年您同时收留的女丐后来怎样啦？"

"唉——"高先生长长地叹了一口气。

这时，王世忠发现，正在为他们续水的高夫人手抖了一下，脸上布满了红晕……

绣花烟包

把他叫出来，一伸手，捣给他一个精致的绣花烟包，她就满脸羞涩地转身跑开了。

她记得清清楚楚，她是唱着一首阳都歌谣跑开的。至今回忆起来，她也不明白，为什么会不自觉地唱着这首歌谣跑开：

> 小白鸡，
>
> 平平架，
>
> 打小住在姥娘家
>
> 她姥娘给她好饭吃，
>
> 她妗子给她官粉搽，
>
> 一住住到十七八……

他和她都是大户人家出身。她不是本地人，是从 200 里外的地方考入阳都县立中学的。他是地地道道的当地人，祖祖辈辈居住在阳都。两人同窗共读已三年，彼此都有好感。他没想到，她竟主动给他送绣花烟包。他又惊又喜，一下子呆住了。在阳都，有一种风俗，姑娘爱上小伙子后，总是送给情郎一个亲手做的绣花烟包表示爱意。不论小伙子抽不抽烟袋锅，都是如此。

跑开时，她连头也没回一下。她知道，这一去，说不定何年何月才能再见面，还能不能见面。

她是中共地下党员，而他不是。她这次是奉命奔赴延安的。她不能将这些告诉他啊。

一晃几十年过去了，如今她已儿孙满堂，从工作岗位上退了下来。

当年刚到延安时，还时时想起他，想起送他的那个绣花烟包。但后来，她不停地转战南北，竟淡淡地将他忘却了。再往后，她竟一次也不回想这事了，更没有打听过他，寻找过他。

这天，不知为什么，她的头脑里一下子清晰地映出了绣花烟包，以及那个他。

那情景竟比昨天发生的事还清晰。

她现在对刚发生的事，经常莫名其妙地忘记，对过去的事倒是越来越记得清晰。

从此以后，她唱的那首阳都歌谣就经常地从她心里回响起来。

她终于独身一人回到了阳都。

这么些年过去了，阳都已发生了很大变化，楼房高耸，街道宽敞，她上学的地方早已不复存在了。

经过多方打听，没有人知道她要找的人。

听说袁家庄有一个人上完县立中学，就遵父母之命回到了家，成了一个小地主，一辈子吃尽了苦头。

她就很后悔，当时怎不问问他的村名。

她在袁家庄下了车，进村后，见人就问："请问，袁房烈在哪儿住？"

人们皆答复她说："这里没有叫这名的人。"

后来，她专找年龄大的人问，但仍是答复本村没这么个人。

她反复向一些老年人介绍所知道的袁房烈过去的一些情况，人们才说："你要找的是他啊，他叫袁常山啊。"

顺着人们的指点，她来到一处农家小院门前，就看见里面一个瘦骨嶙峋的干巴老头子，正坐在马扎上抽着一个铜烟袋锅。竹烟袋杆有二尺多长，烟袋杆上挂一个绣花烟包。尽管经过了这么多年，她还是一眼就认出了，那就是自己制作的烟包。

看到烟包还这么新，她一下子竟激动得哆嗦了起来。但她还是很快地控制住了自己。

她走到老头子跟前了，老头子才抬眼看了看她，然后又慢慢地吧嗒起他的烟袋锅来："找谁呀？"

她声音有些颤抖："我向你打听一个人，他的名字叫袁房烈，你认识吗？"

老头子眼里有光闪了一下："你找的这个人是你的什么人啊？"

"唉，其实什么人也不是，只是年轻时的同学。近来，总想起他，就想回来看看他，叙叙旧。"她不无伤感地说。

"看你恐怕也儿孙满堂了吧？还有这些闲心？"老头子淡言淡语地说。

她点了头："唉，人老了，反而产生了很强的怀旧情绪。"她又紧接着问道，"你认识我要找的这个人吗？"

老头子摇摇头，眼里又一片茫然了。

过了半天，他又吧嗒了几口烟袋。然后，语调缓慢地低声说："我从小就在这村里长大，村里从来就没有你找的这么个人啊。"

"啊！"她一下子失望极了。

过了半天，她又指着他烟袋杆上的绣花烟包问："你这烟包很好看，买的？"

"不，是我孙子给我的。是她对象送他的。现在的年轻人啊，都不抽烟袋锅啦。昨天才给的我，你看多新。"老头子手抖抖索索地捏了捏烟袋包。

她非常失望，只好转身告辞了。

就要走出大门口了，她又听到那首歌从身后传来：

小白鸡，

平平架，

打小住在姥娘家，

她姥娘给她好饭吃，

她妗子给她官粉搽，

一住住到十七八……

她猛地回转身来，可那老头仍在安静地吧嗒着烟袋锅。

她非常疑惑，这歌声难道是从自己的心中流淌出来的？

支　撑

　　早春，在山区里，风还是咬人的，但是二蛋和小春一点也感觉不到冷，他俩扛着自制的红缨枪在这座草房前站着，警惕地盯着四周。

　　草房里不久前住进一个姓胡的首长，二蛋是村支书的孩子，他叫上好朋友小春就自觉地来站岗了。

　　"哗啦！——扑腾！"突然从草房里传出一声奇怪的音响来，他俩快速地跑进去，就看到姓胡的首长神态自若地正在扑打着屁股上沾的尘土，黄色的尘埃在空中飞扬，有一股刺鼻的味道，让人有一种想打喷嚏的感觉，几块石头凌乱地躺在地上，二蛋家那个三条腿的板凳斜歪着，好似正在龇牙咧嘴、吸吸溜溜着的样子。

　　胡首长平静地看了他俩一眼，自嘲地微微一笑，摆摆手示意没什么，然后就弯下腰，双手搬动石块，向上摞着，由于石头并不规则，很难摞稳当，所以半天才摞好，接着他又扶起那个三条腿的板凳，支撑了上去，这个板凳就又可以坐人了。

　　二蛋和小春一直愣愣的，眼睁睁地看着姓胡的首长自己把这一切做好。

　　姓胡的首长看了他俩一眼，平静地坐下，又开始认真地处理文件去了。

　　他俩悄悄地退出去。半天，什么也没说。但心里有了一种异样的感觉。

　　又过了一会儿，二蛋趴在小春的耳边说了一句什么，小春点头，然后两人就走了。

　　日头在头顶照着，乍暖还寒的风吹着，周围的树木伸出嫩嫩的枝叶轻轻摆动着。

　　半天的工夫以后，二蛋和小春兴冲冲地抬着一把太师椅回来了，他俩的小脸上满是汗水，但眉眼间的高兴劲却怎么也掩饰不住。

　　"同志，"二蛋学着大人的样子招呼道，"您，坐这个，这个结实，坐着安稳。"

姓胡的首长一激灵，站起来，由于没怎么注意他那座位，加上起身太快，他坐的那板凳又歪倒了，支撑的石块也哗啦地又倒了。

对这一切，胡首长并没在意，眼睛认真地盯着这把太师椅，神情逐渐严肃起来。

这把椅子制作得够精美的，木头是在沂蒙山区最被看重的楸木，木工用的是透雕法，在椅背上雕的是人物图案，一老一少两个人物神态各异，栩栩如生，两边扶手下面也雕刻着梅花和鹿的图案，四条椅子腿上部，同样地装饰上了精美的木雕花边。

"这是怎么回事呀？"他一说话，二蛋和小春就又听到了这同志撇着的腔调，很好听的。

二蛋抬头看着他的脸，发现好像不是刚才那么严肃了，很和蔼的，就咧咧嘴，露出洁白的虎牙："俺俩去大地主朱老五家借的。"

"借来给我坐？"姓胡的首长稍稍歪着头，指着自己的下巴颏问道。

"是啊是啊，你看俺家里就这么个破板凳，还得用石头支撑着，一不小心就歪倒了，"二蛋就像大人似的，用右手拍拍椅子面，"您看看，坐这个多安稳呀。"

"嗯嗯，"首长笑笑，"我看不一定，坐不好恐怕更不安稳噢。"

二蛋和小春有些糊涂了，不解地眨巴着眼睛。

"一切为了抗战，对地主我们也欢迎他们抗日，不要损害他们的利益噢，"他搬起椅子，"好沉啊！所以，这椅子我不能坐。走吧，我们给他送回去。"

二蛋撅起了嘴："哼，这些狗地主，都该斗争。不就是坐坐他的破椅子吗？"

"你这个小同志啊，这椅子破吗？嘿，走吧，前边给我带路。"胡首长在头里大步走起来了。

二蛋和小春只好赶紧跑上前去，共同抬着椅子，给朱老五去送。

走进朱老五家的大门，就见朱老五的脸色正难看着，直直地盯着堂屋正面八仙桌旁边空着的地方生气呢。

"我是来赔礼道歉的，老先生，"姓胡的首长放下椅子，赶紧握住朱老五的手说，"这两个小伢子，来向你借椅子给我坐，其实我有座位，所以来奉还，打搅了，对不起了。"

朱老五的脸上马上放晴了，满脸堆笑："不就一把椅子嘛，首长坐就是了。"

　　告别朱老五，胡首长健步走回来。进了草房，就躬下身子支撑自己的座位。二蛋和小春也赶紧跑上前去搬起石头向上擦着。不一会儿，座位就支撑好了。姓胡的首长稳稳地坐下，又忙起他的工作来。

　　几天后，朱老五送来60条枪，说是支持共产党抗战的。

　　此后，朱老五从没给过国民党的部队一条枪，倒是经常给共产党的军队送这送那的，成了著名的开明人士。

　　十多年后，二蛋已经当上了村里的支部书记，有一次读报纸的时候才知道，那姓胡的首长真名叫刘少奇，已经是我们的国家主席了。

紫桑葚

"小鬼，怎么好像不太对头啊？"他四下里扫了一眼，问警卫员。

警卫员扭头向西面的山峰看一下——每个山头硝烟滚滚，枪声炮声此起彼伏——就把两脚"啪"地一并："报告首长，老乡都躲了，门没顾上锁。"

"哦，打仗嘛。"他若有所思地点点头，"咱们就在这里落脚吧，老乡的东西，我们要照管好啊。"

紧张忙碌过后，瞅点空隙，他走出房门，两手举过头顶，伸了个懒腰，然后看看田野里的青草和绿树，感到舒坦了一些，正想转回身去，钻进耳朵里的枪炮声中，似乎夹杂着一种若有若无的"咝咝"的声音。他仔细听了一阵，就来到西屋门口。警卫员立即跟了过来。他先敲了敲门，没动静，就慢慢推开虚掩着的秫秸扎的门。迎门是一个大秫秸笸箩，里面养着已长到一寸左右的蚕宝宝。一条条蚕虫，在蠕动着，叠压着，有的还把头抬起来，来回扭动几下。他笑了笑，慢慢退出来，又轻轻地把门关上。

回到正房的指挥所，他问了一下25、26、27师所在的具体位置，命令道："不许从任何人手下漏掉一个敌人！"

他端起茶杯，举到嘴边，还没碰到嘴唇，又猛地放下，桌面被碰得响了一声，人们都抬起了头。他谁也没看，大声叫道："警卫员！"

"到！"两个警卫员跑到他跟前，举手敬礼。

他严肃地看了他俩一眼："我命令你俩，马上去给我采一筐桑树叶子来，要干净，要肥实。"

警卫员稍一愣神，随即大声应道："是！"看着警卫员跑步出了院子，他的脸上露出一丝微笑。然后，又大步走到地图前，看了看部队目前所在的位置，轻轻地舒了一口气。

一个多小时过去了，两个警卫员还没回来。他默默地站起来，又慢慢地走到西屋门前。手刚伸到门上，又猛地缩回来。他自嘲地笑了笑，走到大门口：

"这两个小鬼，怎么搞的？"

又过了一会儿，门口传来怯怯的声音："报告首长！我俩没看到桑叶。"

他看了他俩一眼，见他们还喘着粗气，一副疲劳的样子，就把心里腾起的火强压下去，指指他俩，冷冷地问："怎么回事？"

警卫员回答："在方圆两公里之内我们找了一圈儿，没有桑树，所以……"

另一警卫员说："西边倒是有三棵桑树，但被炮火打得光秃秃的了，树上一片树叶也没有了。"

他锁着眉头，没吭声。过了半天，才又轻声说道："你俩再去一趟，要扩大搜索的范围。"他把手使劲儿往下一按，声音略大了一点儿，"但必须采到桑叶。"

"保证完成任务！"两人的眼角有点儿湿，敬礼后拿着筐又跑了出去。

四下里的炮火仍很激烈。他的心里有点儿为自己的警卫员担心，两个小鬼可要小心哟。他不敢分散自己的精力，又马上把注意力转回到对战事的考虑上。

太阳已经过午，当他再次抬眼往大门外看时，两个警卫员终于走进了视野。

两人抬着一大筐碧绿的桑叶回来了，脸上显露着兴奋的神情。

他走出来，高兴地说："给我给我，你俩快去喝口水。"

但警卫员并没有走，与他一起抬着桑叶来到西屋。

他瞅着一个个蚕宝宝，嘿嘿地笑着，慢慢抓起一把桑叶，反过来顺过去地看了看，没有杂质，只是叶柄上带着几个紫色的桑葚。他把桑葚摘下来，塞到警卫员的嘴里。

警卫员没防备，只好吃了："首长？"

他笑了："慰劳你俩一下。"

说着，他小心地把桑叶撒到箔笤里。蚕宝宝快速地蠕动起来。刷刷刷，绿油油的桑叶一会儿就被咬出一个个大豁口。他又抓起一把桑叶，摘下桑葚，放到旁边的一只小凳子上，再把桑叶撒给蚕宝宝。

警卫员看到首长非常投入，就咂咂嘴，小声说："首长，桑葚真好吃，您尝尝吧。"

他摇摇头："不，给房东的孩子留着吧。"

炮火越来越猛了……

不久以后，被写入战史的孟良崮战役胜利结束。

躲出去的房主人回来了，他发现自己养的蚕吃得很饱，旁边一只筐里还有小半筐桑叶。在一堆紫色的桑葚边，还压着一张纸条：

打搅了，感谢给我们留门。

许世友

1947.5.16

看到这里，老乡的眼睛湿润了。朦胧中，他发现那堆紫桑葚更鲜亮了。

 # 儿 子

天阴沉沉的，风呼呼地吹着，却有些闷热。夏天眼看就要来临了。

朱瑞从开明地主刘家出来，向房东家急匆匆地走着。他刚来到山东，总想多了解一些情况，日头偏西的时候他到刘家谈了谈，两人谈得很是融洽，刘家既支持了部队一些款项，还当场要把儿子交他带回部队，他答应让其准备一下明天再去。现在他想抓紧回去，因为还要和几个同志谈心，同时准备一下明天的会议讲话。

他抬头看看天，灰蒙蒙的，有些压抑，天仍然闷热，可他的心情非常好。突然看到路边竟聚集了十几个人，在急急地议论着什么。人们面部呈现出焦急神情，但又是不知道怎么办的样子。有的还跺着脚，就地转一个圈子，急得不得了。他忍不住凑过去，热情地问道："老乡，在干什么呢？"

人们互相看了一眼，知道他是新过来的共产党的干部，并不害怕，其中一个四十多岁的汉子说话了："一个老光棍子死了，俺们正商量着为他发丧呢，天这么热不能耽误，可是事不好办，俺们这不是犯了难吗？"

朱瑞来沂蒙山区虽然时间不长，能听明白一些方言了，他感到奇怪，既然死者没有后人，赶紧埋了，让死者入土为安不就行了，绝对不会有人管闲事的，那怎么还犯难了呢？他转念一想，这些人肯定有难言之隐，他就站下了。"能不能和我说一说，说不上我能帮上忙啊。"他热情地说。

这个汉子严肃的脸上现出一丝好笑的神色，告诉他说："你这同志，不知道俺这里的风俗习惯啊。人死了，儿子要穿孝衣、戴孝帽子，腰里拉苘绳，守灵、泼汤等一套伙儿地进行下来才行。老光棍无儿无女，可怎么也不能把指路和摔老盆的程序也省了啊。"

"把这些封建迷信破除了不行吗？"朱瑞想这么说，可他知道党的政策，要尊重当地的习俗，争取更多的群众。

汉子说："老光棍活着过得不舒坦，死了在那边连路也不认得，也太苦了，俺这不是都于心不忍啊。"

"有什么其他办法没有？"朱瑞焦急地问道。

汉子说："有是有啊，就是得有人自愿来做死者的儿子，把这些事儿办了，继承老光棍身后留下的所有房、产等，可老光棍除这间破屋头和二分薄地外什么也没有了，没有人愿意来，这不没法出殡啊。天这么热，不抓紧就发尸了。"

朱瑞的眉头皱了起来，思索了半天，两手往外一摊，头一低，脸斜转向汉子："我来当儿子可以吗？"

所有人的眼光全转向朱瑞，有的不解，有的惊奇，还有的明显是耻笑的神情。

汉子的眼圈有些湿润了，哽咽着说道："你、你、你这是图的啥啊？"

"什么也不图，就图让死者入土为安，就图让大家早回去别在这犯愁了。"朱瑞微笑着说。

"你这么一来就成了老光棍的儿子了。"

"我们都是人民的儿子。"

"以后经常得来添土上坟的，也怪麻烦呀。"汉子还是犹豫着。

天阴得更厉害了，朱瑞又抬头看看天，好似更阴暗了，就催促道："老乡们，咱们抓紧吧，我来就是了。"

朱瑞披麻戴孝，在汉子的安排下，先喊指路词："爹啊，你要上就上西方大路啊！爹啊，你要上就上西方大路啊！"喊着喊着，他动了感情，眼泪哗哗地流下来。

办理丧事的老乡们眼睛里都蓄满了泪水，有的泪珠不断线地掉下来，还有的小声嘟哝着："共产党啊，好啊。"

到墓地掩埋前的最后一个仪式开始了，汉子拿来一个黑瓦盆，小心地放在朱瑞的头顶上，让他双手拿好，回过头去对抬棺材的几个人示意了一下："准备好了哈。"又转回来对朱瑞示意了一下，朱瑞一直泪流满面，这时他拿下瓦盆来，在棺材前猛地向地面摔去，在黑瓦盆的破碎声中，他大喊一声："爹啊，走好了！"后面"嗨"的一声，抬起了棺材，向墓地走去。

等朱瑞在墓穴中领棺后，老人得以顺利安葬，朱瑞回到住处时，已经是掌灯时分了。

这天晚上，他先找早就安排好的同志谈话，后来为了准备第二天的会熬夜到了鸡叫头遍。

在岱庄周围辗转期间，朱瑞总是按照沂蒙山区的风俗按时来墓地上坟、添土。

汉子曾多次找到朱瑞，让他继承死者留下的房屋和土地，朱瑞让他和村里去商量处理办法，并表示自己坚决不会要的。

可是，岱庄街的群众一直义务维护着那间低矮的草房，二分薄地到现在也一直没有被分配到任何人名下。

前些年，郭洪涛回沂蒙山区，几个老房东闻讯赶来，当年主持丧事的汉子已经满头白发，八十多岁的他第一句话就颤巍巍地问道："朱瑞可好啊?"

郭洪涛老泪纵横："1948年，辽沈战役第一战，解放东北义县时他牺牲在了战场上……"

老房东们都失声痛哭了。

烧 纸

6 纵副司令员皮定钧带着他的队伍正走着。被俘虏的国民党 74 师的少将副参谋长李运良、上校副旅长贺翊章、少校团长黄政、侍从秘书张光第等在队列中被战士们看得紧紧的。他们交换了几次眼色后，又磨蹭了半天，张光第战战兢兢凑过来，用请求的口气说："长官，我们想再看一看我们的师长，请求您批准，行不？"

听到这话的战士大都撇了撇嘴，有的甚至小声嘟囔着："想得美！"

皮定钧脸上毫无表情，他抬起头看看天空。敌机不时地就飞临到了头顶上，孟良崮战役刚刚结束，大批的国民党军队马上就赶过来了，我军正在迅速向东、北方向撤退，准备休整。而这时他们所在的位置距离刚刚被埋葬的张灵甫坟墓还有近 5 公里的路程，答应这一要求，就意味着多转路，甚至会贻误撤退良机。皮定钧皱着眉头又走了一会儿，才摆了摆手，转身向野竹旺方向走去。

皮定钧在战役结束后，接受的第一个任务就是埋葬被击毙的 74 师师长张灵甫。他的战士刚才已经向他报告这项工作已经完成，他正在轻松地走着，不想因张光第等人的这一请求心情又沉重起来。

他们快速地奔向野竹旺村后，很快就找到了目标。一片平地上新拱起了一个坟包，坟前的白色木牌上清楚地写着的字标明，这就是张灵甫的埋身之处。

被俘虏的这几个国民党官兵相互看了一眼，眼圈红起来，接着扭过头，猛然地扑过去，趴在这座新坟前痛哭起来："师长，我的师长啊……"

皮定钧和战士们站在一旁，冷眼看着他们，不时地甩甩脚上沾着的粘泥，打完仗那天傍晚下的这场雨确实不小啊，地里还这么粘！

看着他们鼻涕一把眼泪一把地哭着，有一个战士走上前去，抬脚就想向其中一人的屁股踢去，与此同时皮定钧已经快速地在后边抓住这个战士，并把他拉了回来："胡闹台！你要干什么？"

这个战士撅起嘴来，不服气地："他这是跟着蒋介石卖命的下场，哭什么哭！"

皮定钧的脸色逐渐凝重起来，抹了抹下巴，并甩了一下手，然后慢慢转过身，仔细地翻起自己的口袋来，翻了半天，找到了一把零钱，他表情严肃地递给这个战士，小声批评道："你差一点犯纪律，罚你去买点儿烧纸来。"

这个小战士接过钱来，茫然地看着他。

他用手指指前面的村子："这个村子叫野竹旺，你去买点儿烧纸让他们给自己的师长烧一下，同时买点儿香和供品，要快去快回！"

"啊——是，副司令员。"这个战士张着嘴巴，一脸的不情愿，但还是快速地去了。

皮定钧又走上前去，蹲下身，轻轻地拍拍张光第的后背："别哭啦，你们都起来。"

他们很听话地站起来，不知所措的样子。有的还呜咽着，用手背擦着眼睛。刚才发生的一切，他们全然不知。

清了清嗓子，皮定钧继续说道："你们也都看到了，跟着国民党打内战、反人民，就是这样的下场。你们的师长，可悲！你们师长的牺牲，应该惋惜，但毫无意义。你们呢，一定要好好反省啊。"

看到去买祭品的战士远远地向这走来了，他接着说："军人战死在疆场上是应该得到尊重的，这关系到军人的尊严。所以，你们要来看师长，我们同意。但时间仓促，你们就按照沂蒙山区的风俗祭祭你们的师长吧？"说着，他从战士的手中接过祭品来，递到张光第的手上。

他们不相信地睁大眼睛，眼泪哗哗地流下来。此时，他们的心灵才被强烈地震动了，一边哭着一边说："呜呜呜……，长官，谢谢啦。"

他们打纸的时候，皮定钧又递过去一张纸币，示意道："印印。"

供品摆在了供养台上，点着的香插在了泥土里，黄纸烧起来，黑黑的纸灰飞扬着逐渐变白又落下来，皮定钧和战士们站在一边，耐心地等他们致祭品，浇烧酒，跪磕头……

在5月里这一天的和煦阳光中，迎着习习暖风站着的皮定钧副司令员绝对不会想到，多年以后，因为今天决定的这一件事，他会受到多次批判，并在文革中受到追查。

开另一朵花

一走进这家迪吧，强烈的音乐、摇晃的灯光、闪烁的人影让王庆利有些眩晕，但不一会工夫他就逐渐适应起来，加入到了蹦迪的人群中。

"老公，使劲跳啊。"在各色灯光的明暗交织中，一个女子的身影晃到了他面前，开口就来了这么一句。

老婆什么时候喜欢上蹦迪了，自己竟然不知道。王庆利吓得一哆嗦，自己头一回来这种场合，怎么就叫老婆抓住了呢。借着一缕亮光闪过来的时候，他终于看清了在自己面前晃着身子的女子并不是自己的老婆。正想开口告诉她认错人了，那女子已贴到自己身边，不用解释也能看明白自己不是她的老公了。

"老公，老公。"想不到那女子竟然更加黏糊了，"你也不抓住我的手哦，人家想让你拉着跳嘛。"

王庆利牵起女子主动伸过来的手，两人一起跳了起来。在灯光的闪灭之间，不时偷眼看一下这个女人，面目就看得就越来越清晰了。女子长得身材细挑，眉清目秀，最明显的是在左眼向里偏向额头的地方长着一颗朱砂痣，让她的整个脸部更加活泼起来。王庆利心里说，自己老婆的长相要是能赶上这个女子一半，也算自己烧了好香。

他其实并不怎么会跳的，只是今天晚饭时和老婆怄了一阵气，心里憋屈得慌，走出家门，是不自觉走进这家迪吧的。没想到，在迪吧里找到了更加漂亮的老婆。既来之则安之吧，于是他也不再拘束了，大大咧咧地开玩笑道："老婆，不在家刷锅刷碗，怎么跑这里来逍遥了？"

"哦吧，"那女子手上用了一下劲，兴奋地叫道，"真没劲，你刷你刷嘛……你快说行，快说行嘛。"

看到她撒娇的样子，王庆利心里也一下兴奋起来，老婆早已消磨掉了这种心情和心态了，现在有这么可心的一个人来给自己当老婆，确实爽。他索性也就假戏真做起来，把女子又往自己怀中拉了一把，在嘈杂的音乐伴奏声中搂住了那靓丽的身体："行，老婆，我最疼你最爱你，怎么舍得让你干这种活呢。放心，今后做饭刷碗老公我全包了。"

那女子用力地靠了靠他，一边蹦着，一边往他的耳朵边上趴："衣服，衣服。"

他一愣怔，疑惑地问道："什么衣服？"

"在家里你得洗衣服啊！"女子声音并不小。

周围的人都在疯狂扭着、跳着，没有谁注意他俩。

"我洗，我洗，当然我洗了。"他大包大揽，跳得也更加有劲了。

既然是虚拟着玩，这些活儿就是自己都干了也无所谓，可要是生活中真这个样子的话，那是绝对不行的，其实老婆和自己怄气大多还就都是鸡毛蒜皮的这类家务事。

想到这些他情绪有些低落，脚下就蹦得有些迟缓。女子立即感觉到了，声音更加腻起来："老公，累了啊，累了就早上床吧。"

听到上床，他一激灵，吓了一大跳。一个灯口发散出来的绿色灯光在快速的转动着，时不时地就扫过来一眼。他回过神来以后，急速跳动的心脏才渐渐平缓下来。

迪厅里气氛越来越热烈，应和歌手的唱歌声，蹦迪人员的喊声和口哨声此起彼伏。

在这种狂热的氛围中，他们两人竟能入迷地各自描述起床上的一些动作和声音来。

女子变得面色娇羞，话语也轻柔起来。王庆利陡升起一股惜香怜玉之情，勾着她的头，说蹦完迪请她宵夜，然后送她。女子睨他一眼，嗔道："这还用说！"

伴奏音乐声越来越高亢，他们两个人也更加疯狂地跳起来……

乐声逐渐低落下去，灯光一盏一盏地亮起来。女子身体一绷迅速变僵硬，猛地甩开王庆利的手转身就走。他快速上前一步，想拉住她的手。但她更加坚决地冷冷抽出了手，眼睛一瞪："干什么？"在他发愣的瞬间，身影就已消失在了人流中。王庆利不明白，说得好好的请她宵夜，然后送她的，怎么就突然走了呢？

第二天，他心神不宁地度过了一个难熬的白天，傍晚时分就早早地来到了昨天那家迪厅。音乐还未播放，灯光刚刚亮起，他找个地方坐下来，眼巴巴地盯着进人的门口，盼望那女子的身影早点出现。

　　那女子进来，他满脸热情地快速迎上去打招呼，人家却好似根本没有看到他，转身走到一边去了。

　　他心中十分沮丧，不知道这究竟是为什么，身体转了几个圈子，看到那女子正在远处一个角落站着，正对着手中的小镜子补妆。这时灯光开始暗下来，节奏强烈的音乐也响起来。正在王庆利不知如何是好的时候，那女子已然过来了："老公，使劲跳啊。"依稀又是昨晚的神态了。后来，他怎么也忍不住，就问了她"为什么会这样"。女子轻轻一笑，那颗朱砂痣往上一挑："在蹦迪中，我们是开另一朵花啊。"

　　从此，王庆利习惯了和这位女子的这种交往方式。总是不顾老婆的嘟囔，经常找借口偷偷到迪厅来蹦迪。

桑　桑

　　桑桑的手指甲很有特色，如葱般修长的手指前端是向外伸出的尖利莹洁的指甲，粉嫩和白净交相辉映，给人以极大的美的享受，据说她经常出入美甲吧，时常对指甲做做保养。大多人时常做脸，而她从来是素面朝天，但对指甲却从来不马虎。她对自己的指甲不自觉地就会流露出自恋神态，一有空闲就会把两手伸向眼前，手指自然分开，看一阵，翻过来再看一阵，会这样反复多次。

　　她刚来时人们对她这种神态会多看几眼，后来渐渐习惯了也就不再当回事了。

　　可是头儿对她的指甲兴趣不减，看她的时候眼光经常盯在她的手上，有时还会失神大半天。大家都知道，头儿往往是先喜欢某个美女的某个部位，然后进而喜欢整个人的。有人就为桑桑担心，在这种花心男人面前，是否能坚守得住。桑桑到好像毫无觉察似的，一如既往的大大咧咧，嘻嘻哈哈。

　　其实，别人不知道，作为一个年轻的姑娘心是特别敏感的，桑桑心中那隐隐的担心并不比别人轻，只是表面并没有流露而已。

　　头儿叫她去办公室，安排事情，有时还顺便关心一下她的生活。她努力保持镇静，会大大方方，自如应对。有时头儿会把眼光转向她的手指，由衷地赞叹："保护得这么好，太美了。"

　　这时桑桑就会沉稳地说声谢谢，接着就把双手在面前举起来，翻过来，正过去，看不出她在想什么，头儿会讪笑着搭讪："这么尖利，小心别伤着自己啊。"

　　"谢谢，不会伤着自己的。"桑桑平静地问道，"若没有其他工作安排，我回去了。"

　　"多说说话还不行，再坐一会儿，咱们……"

不待头儿说完，桑桑已经站起身来："我回去了。"桑桑能听到身后头儿轻微撮嘴花子的声音，桑桑知道自己下一步得小心了。

桑桑假装根本没看到办公室同事那担心的眼光，平静地回到桌前，又举起双手，自我欣赏了一番那长长的指甲，然后撮起嘴唇，眯起眼睛，吹出一口如兰的长气来，然后就忙自己的事情去了。

头儿并没有死心，这天又把她叫到了办公室，先让桑桑在对面的沙发椅上坐下，他自己却站了起来，刚说了几句话，就绕到了桑桑身后，还没等桑桑转过头来，就从背后用双手一下子匝在了桑桑的胸下。桑桑吓得一哆嗦，眼前一阵发黑，但她还是喘着粗气挣扎着站了起来。头儿的手依然紧紧抱着她，喉咙里咕噜了两声，在她身后贴着她的耳朵说道："桑桑，桑桑，我喜欢你……"

"放开，放开我，"桑桑又挣扎了几下，仍然不能挣开，两个胳膊肘向上一弯，尖尖的指甲扣向了头儿的手面，稍稍用了点力，小声说道，"再不放开我掐了。"

头儿感到手面一阵疼痛，从桑桑肩头看过去，长长的指甲正在往肉里钻，他还是不死心，"我真的……"

桑桑再次用力，同时平静地说道，"再不放开，会抓破的。"

看到桑桑无动于衷的样子，头儿慢慢冷静下来，匝住桑桑的两只手松了开来，勉强笑了一下："你啊，真舍得使劲抓我啊？"

桑桑什么也不说，夅煞开十个手指，眼光从手面慢慢看向指尖。

"桑桑，咱们这里这么多人，我对谁都没有动过心，可就是对你……"看桑桑仍盯着自己的手指甲，并轻轻向上吹着气，他继续说道，"感情这东西，真的很复杂，我也不知道是怎么回事儿，就无来由地喜欢上了你……"

桑桑表面上很镇静，其实心中正阵阵翻腾，有一丝感动，但更多的是委屈，愤恨。她使劲摆了两下头，让自己清醒一些。想早点离开，但更想说点什么。

谁想到，头儿说着说着又从前面猛地抱住了她："桑桑。"

桑桑反映很快，双手快速按向头儿的腮部，指甲同时稍微用上了些力气，语气特别严厉："松开，不然就真抓了。"

头儿迅速放开了她："你啊，真是……"

　　桑桑尽量放平语调："你不能这样对待我！你有你的生活，我今后还要有我的日子要过。你愿意让我在这里干下去我会好好干的，你不愿让我在这干的话我马上就走。"

　　头儿使劲眨了眨眼睛，摇摇头，摆摆手："干你的工作吧。"

　　此后，再也没有发生过类似的事情，桑桑在卖力干好自己的工作的同时，也更加爱护自己那十根手指上的尖利指甲了。

　　闲暇时候，她会把两手伸展开来，手指自然分开，眼光从手面慢慢看向指尖，再轻轻吹出一口气……

小　翠

"请你去喝杯茶吧，"小翠和孟明一块出发回到城里，孟明瞟一眼小翠系在手腕上的白手绢，随便又轻松地建议道，"把这段时间打发过去，也去去在外吃饭的浊气。"

小翠矜持地笑了笑，点点头："主意不错，要请客哈？"

"当然，"孟明开着车，高兴地拍拍方向盘，"说去哪？"

"'绿云轩'怎么样？"小翠抬抬手腕往前一指，上面系着的白手绢晃动了一下，话语表面是商量的语气，但听起来更明显的成分就是建议口气。

小翠喜欢在手腕里系白手绢，显得特别，时尚。五冬六夏，单位里的人就从来没见她拿下来过。过去有些个年头曾流行过夏天女孩在手脖系上手绢的习俗，但最近这些年早已消失了。小翠的这个习惯，就经常吸引着很多人的目光。

"我没去过，但你说它就是它了。"孟明一加油门，车子快速地向前滑行而去。

小翠是毕业不到两年的大学生，浑身上下充满潮朝气，走起路来总带着一阵风。孟明时常要请她吃饭，她总是这么一副无心无肺的样子，"那不太俗了，不去不去。"小翠头摇得像拨浪鼓似的，然后用光亮的大眼睛看着他，直到让孟明觉得自己确实俗气了，她才转身走开。

单位里几乎所有人都看到，孟明看小翠的眼光经常带电，并且动辄就看直了眼。孟明这个人有喜欢年轻女孩的爱好，单位的人都知道。几个大姐私下委婉地提醒小翠要她小心，千万别陷进去。谁知她却大大咧咧地说："我是谁哈，放心放心，绝对能确保人身安全。"

两个人一进"绿云轩"，孟明就啧啧称赞起来："不错不错，还是咱小翠，有眼光，有品位。你看看这布局，你看这氛围，你看这情调！"

看服务员过来，孟明赶紧问小翠："你喜欢喝什么茶？"

"君山银针吧。"小翠点一下头，轻轻说道。

茶色黄亮，清香扑鼻。小翠端起来轻轻啜入一小口："好茶，好茶。恐怕就是价格不低啊。回家向嫂子能报得了销啊？"

孟明瞪她一眼："俗了不是？"

不一会儿，三个着碧绿色服装、手持乐器的年轻女子走进来："欢迎来绿云轩品茶，小女子演奏一曲为二位助助茶兴怎么样？"

孟明一愣神，自己毕竟是工薪阶层，担心破费大了。

"免费赠送的哈。"

那女子一解释，孟明迅速恢复到了自然状态，两手一摊："好。就是收费我们也愿意听。"

优美的乐曲蔓延开来，小翠用手一下一下轻轻按抚着桌面，那系着的白手绢下垂部分微微摆动。

演奏完毕，小翠发现孟明还在那里煞有介事地摇头晃脑的，就无声地轻笑了一下。

孟明回过神来，问小翠："那表现知音意思的曲子叫什么来？"小翠告诉他后，他马上问道："能再来一曲吗？"

领头女子略一迟疑，三人互相交换了一下眼神，演奏又继续了下去。

后来，孟明一次次小声问小翠这曲那曲的。在孟明的指点下，她们又演奏了《风摆翠竹》等六七个曲子。一边听曲，孟明还转过头去小声和小翠说："确实有品味，确实有品位。"

小翠又端起茶来喝了一小口，小声提醒道："适可而止吧，到下午上班的时间了。"

"是吗？"孟明遗憾地摇摇头，"光听她们演奏了，还没能说说话呢。"

"话什么时候不能说？品名茶，听名曲，这是什么感觉？一个字：爽！"小翠好似在调侃，神色却是一本正经的。

"只要你喜欢我就经常请你，希望你能经常赏光，我喜欢和你在一起……"孟明想用手拍一下小翠的膝盖。

小翠反应敏锐地闪开了，下垂着的白手绢角还在晃动："老孟，喝喝茶行，别的本姑娘可是软硬不吃、刀枪不入的哈。"

孟明眼里泛起一丝失望，尴尬地笑笑，巧妙地转移了话题。

结完账上车时，小翠发现孟明的神情有些不对劲。小翠后来才知道，"绿云轩"的音乐原来除第一曲是免费赠送的，其它自己点的每曲都是高价收费的！

知道这些后，小翠心里有些过意不去，几次想和孟明沟通一下，但孟明好似没事人一样，所以她也就不好提起这个话头了。

小翠转念又一想，从今以后孟明不再喜欢女孩子了的话，岂不也是好事儿！

过了一段时间，在大庭广众之下，孟明又以调侃的语气向小翠发出邀请："哪天有空了，我再请你去喝茶吧？"

"好啊。"小翠痛快地答应着。

但小翠知道，孟明就是顺嘴说一下，把上次那事儿了结过去，自然地过渡到以后不再邀她了。这样也好，说明他对自己彻底死心了。

同事们起哄："我也去，我也去。"

"过天吧，等过天有时间的时候。"孟明有一搭没一搭地敷衍着。

但从此以后，孟明再也没有提起这个话题。

倒是小翠，在别人又要请她吃饭时摆手拒绝："不去不去，吃什么吃，那不是太俗了。"手一摆，手腕里系着的白手绢分外闪眼……

 # 琉璃月

饭后把碗筷一推，去照着镜子简单化妆了一下，对正在收拾饭桌的丈夫大伟说："我出去啦，拜。"

青玉过得很洒脱，结婚几年一直坚持不要孩子，丈夫也没有说过什么，更难能可贵的是，青玉来去一阵风，经常独自出去，大伟从不过问，更不阻拦，独自把家拾掇好后，再去干自己的事情。不过，越是自由潇洒，青玉就越感到大伟好像时常显出有些猥琐的样子。

今天下班的时候，和自己对桌办公的小磊看周围无人，就把头伸到她跟前，邀她道："玉姐，晚上请你 K 歌，咱去操练《琉璃月》吧？"

小磊是分来才一年多的大学生，小伙子阳光明媚青春四射，腿脚勤快话语幽默，甚是让人喜欢。最近一段时间，青玉发现小磊看自己的眼神有些发烫，就心跳速度加快，身上也热起来。三十多岁的少妇还能赢得青春小伙眼光的频频光顾，青玉心里既有青春渐渐流失的伤感，更有自信心增加的欣喜。

听到小磊的邀请，她一时间有些发愣，随即快速调整好自己的神情，尽量显得随意道："好啊。"

"晚上七点，皇冠歌厅，不见不散啊。"小磊腿一偏，跨上自行车，一阵风似的远去了，身后甩下一串清脆的车铃声。

小磊最近经常哼着几句歌词，打扫卫生时嘴不闲着，去倒开水时也唱几声，甚至正在写着材料，也会突然冒出来"天地存证我的爱，再也不会把你手放开"等。青玉感到这歌很好听，就问他："你唱的这是什么歌儿呀？"

"玉姐，才结婚几年呀，就这么落伍了！最新流行的《琉璃月》你竟然都不知道！"小磊没心没肺地说着，她听来却是被震得噼哩啪啦一阵响。

青玉神色有些冷黯，模糊其词地遮掩道："人家不就是没有听清楚嘛。"

小磊顺杆往上爬："等哪天我请你去歌厅唱歌，你可别让我惨遭拒绝哦。"

青玉没有接他的话茬，低下头去忙自己的事情了

没想到，今天小磊真的正式向她发出邀请，她自己竟然不假思索地就一口答应了下来。

来到皇冠歌厅门前，远远地看见小磊已经站在那里等她了。青玉赶紧走过去，小磊很自然地挽起了她的胳膊，向门里走去。

小磊把包间的灯光调暗。房间里的一切，霎时朦胧起来。青玉看小磊的脸有些模糊，她想小磊看自己肯定也是这个样子。

小磊对着按钮"啪啪啪"揿出几声清脆的响声，屏幕上出现了精美的画面，随即音乐过门响起，接着杨幂那轻捷优美的歌声溢满了屋子："月影万变逃不出阴晴圆缺，幕苍幽怨埋不住一生绝恋，轮回千载也斩不断这姻缘，只为与你相见……"这时，小磊弯下腰来，抓住青玉的手将她从座位上拉起来，把麦克风塞到她手中："唱啊，玉姐。"嘴里说着让青玉唱，自己却抓过青玉拿麦克风的手把话筒对准自己的嘴巴唱起了刘君林演唱的下面那一段。青玉感到这样唱有些别扭，胳膊也不太舒服。看小磊唱得那么投入，也就俯就着让他这样唱了下去。到第三段合唱时，小磊才把话筒拿了过去，右手很随意地揽住了青玉的腰，头也与青玉靠在了一起。青玉闻着从小磊身上散发出来的年轻男性的健康汗香味，眼光有些迷离，身体也开始变软。

唱歌的过程中，小磊和青玉时常耳鬓厮磨着，小磊的腮帮几次有意无意地碰到了她的脸，小磊眼光火辣辣地对着她唱着："天地存证我的爱，再也不会把你手放开，我要紧紧抓住你给过的爱。"歌声停下来，两个人谁也没说话，最后小磊慢慢凑过去趴在她的耳朵边，呢喃起来："玉姐，我喜欢你，玉姐，我爱你。"青玉浑身燥热，脸上出火，搂了他的腰，慢慢地靠在了他的胸前。

一会儿，青玉准备去卫生间。拉开门时，侍应生正往对门包间送水果和瓜子等，那里传出的歌声竟然也是这首《琉璃月》。青玉用眼睛的余光扫视了一下，一个熟悉身影紧紧搂抱着一个年青的姑娘，两人唱得十分投入。青玉眼前一片漆黑，歌厅里璀璨的灯光好像突然熄灭了。很快，门就被侍应生顺手关上了，目光被隔断后她才渐渐回过神来。青玉跟跄着，回到包间，和小磊更加起劲地唱起来。

小磊发现，青玉的眼睛变得疯狂明亮。他挽起青玉的胳膊说："咱们走吧。"青玉顺从地跟着他走出来，先看了一眼对门的包间，那门仍关得严丝合缝。

到了一处钟点房，小磊带着她往里走时，她没有拒绝地进去了。

两个小时后，青玉回到了家中。房间里灯光柔和，四周安安静静的。青玉的眼睛盯着那已经拾掇好的餐桌和洗得干干净净的碗筷时，门外传来了"……流云渡水，江河满映，这一轮琉璃月"的歌声。歌声戛然而止，大伟打开门走了进来。青玉看到，此时的大伟一点也没有猥琐之态。

她站起身来，缓缓地说："大伟，咱们分手吧……"

115

白纱巾

　　他仰头一口气倒下去一瓶啤酒，走上前面的舞台，右手握起麦克风，张口就吼起来，头和身体都有节奏地晃动着，眼睛则几乎全部闭上，左手握着的那块洁白纱巾也被他不时地挥动起来，在闪烁变幻的灯光映衬下，酝酿出一种更加浓厚的梦幻般氛围来。

　　一年来，他成了这里的常客。尽管五音不全，每个周末他都会准时来这家麦吧喊上一阵子。

　　是对麦吧感到好奇才第一次走进来的，没想到一走进来后就被吸引住了，华丽璀璨的灯光转换闪烁中，谁都可以走上舞台展示一番，台下的人可以随意起坐和走动，台上的人愿唱就唱，愿喊就喊，这种自由氛围确实能释放自己的身心压力，后来他不时地就会来放松一下。

　　一个年轻女子系着一条白纱巾，坐在观众席上，有时会看一下舞台上，但更多的时候是用眼睛的余光在人群中不经意地扫视着。他判断这是一个单身女子，正在扫描自己要捕获的对象。女子的脸蛋在白纱巾的映衬下，略显粗糙。但模样很周正，有一种高雅气质。

　　他一下子就喜欢上了她。每次来，他总是捡最靠近她的座位坐下来，并找机会与她搭讪："美女，啤酒要不？"

　　她神情冷淡，礼貌地摇摇头："谢谢，不要。"

　　"饮料要不？瓜子要不？水果呢？"

　　"不要，什么也不要。"

　　他发现，她总是显得有些心不在焉。麦吧中有些人给人的感觉也是怪怪的。而她眼光关注最多的也正是这些人。他感到，周围像是弥漫着一种神秘气氛。

渐渐熟悉起来后，在这里碰面时，她也会主动向他点一下头，他就更加用力地点自己的头，看他这样，她会轻轻笑出一声来，这样两个人之间的隔阂逐渐减少了。

台下的人走动更加频繁起来，他把白纱巾高举在前方晃动着，幢幢人影隔着一层纱巾变得更加模糊，灯光的明暗变幻也越发剧烈起来。

"你是不是在找谁呀？"他见她又用眼睛的余光向四下里扫描着，忍不住问了一声。

她好似一哆嗦，立即转过头来，表情很镇静，白纱巾在她胸前轻微地晃动着："没有啊。"

看她脸上浮起一层红晕，他以玩笑的口吻说道："有中意的不？你多看俺一眼不行吗？"

她语调冷下来："你不怕麻烦啊？"

他紧盯着她问："什么麻烦？"

她的眼光已经转向别的地方了："看你看多了，你就会出麻烦。"

她越是冷淡，他反而越是喜欢起她来。

看她起身要走，他也赶紧站起来："时候太晚了，我送你吧。"

"不，不用，真的不用！"她先坚决拒绝，然后略作解释，"我不怕，我能保护好自己。"随后微微一笑，"弄不好，关键时候还得我保护你，麻烦。"

他有些不屑："吧吧吧，吹吧。"

飘动的纱巾被他慢慢攥回手中，他的吼声更加高亢了，眼睛中也潮起一层亮亮的水来。

那天仍然是他主动找话和她套近乎，她一如既往地对他爱答不理的，不一会儿眼光就飘远了。

"说真的，我喜欢上你了，咱们……"他眼巴巴地盯着她，有些嗫嚅。

她回过头来，深深地看了他一眼："别贫了，再贫我真不理你了。"又幽幽地说，"我不适合你。"接着又劝道，"作为一个成功的企业家，你多把心思用在事业上吧。要是想放松一下，就上台去吼几嗓子。"

"别乱动！"她突然低声吩咐了一声，在他一愣怔的瞬间，她已经快速起身，脚步敏捷地窜到前面，他抬头一看，她已经用手枪指住了几个人："警察，别动！"

她是缉毒警察，在这里盯贩卖毒品的毒贩子。她发现了他们的交易，就扑上去准备抓获他们。想不到的是，周围还潜伏着两个人，一个上前抓她的纱巾，一个扑向了她持枪的右臂。他下意识地迅速跑上前，想帮她一下。她大吼一声："别添乱！"她左右起脚，白纱巾被扯掉的同时，这两人也被她被踢倒，其中一人一个趔趄把他撞了开去。几乎同时，正在交易中的一人却一刀刺中了她。潜伏在这家麦吧中的她的同事们迅速上来，制服了这些毒贩子。后来回想起来，他一直觉得这似乎是一个梦一样。

　　人们陆续散去，那条飘落在麦吧角落里的白纱巾，没有引起任何人的注意，他慢慢走过去细心地捡拾了起来。

　　他还是经常来这家麦吧，希冀能再次碰到她。后来，每个周末来这家麦吧喊上一嗓子不知不觉中就成了他的一个习惯。

　　今天，是她受伤一周年的日子，他把珍藏的白纱巾又带到了这里……

童 谣

那是他们第二次见面，卓玉看到小萍右鼻翼边上的那颗红痣像一粒红宝石熠熠放光，嘴试探着靠了上去，一接触才知道，原来竟比红宝石更润洁，也更有温湿质感。小萍开始一颤，随即就平静下来，身体也逐渐开始变柔变软。在卓玉的嘴唇刚要开始转移的时候，她迫不及待地把自己的红唇迎了上去。随后，他们两人抱在一起，慢慢地倒在了小萍的床上。在卓玉扒光小萍衣服的同时，小萍开始有腔有调地叫起来。小萍那错落有致的叫喊声，更加刺激起了卓玉的激情，让卓玉起起伏伏地完成了自己的动作。

多天以后，卓玉孤单单一人坐在这家喊吧还能清晰记得当时的情景。卓玉本来以为能和小萍发展下去的，谁知道仅仅过了不到两个月，小萍就不再理他了。打手机不接，发短信不回，在路上堵她她眉毛一横转身就走，声音传过来时人已离开很远："烦不烦啊！"

最近这几天，卓玉心里一直像荒草疯长般毛毛躁躁、刺刺戳戳的。看到大街上的广告介绍，知道喊吧能是让人解开心灵捆绑的地方，就走了进来。由于是第一次来，他不知道应该怎么做，就问陪他进来的服务生，服务生笑笑："关上门以后谁都不会听见，愿意唱您就唱，愿意喊您就喊，随意好了。"

服务生从外边带上门以后，他仅仅是张了几次嘴，并没有喊出什么来。

他苦笑了一下，又想起了第一次见到小萍时候的情景。

那是一个周末，一个朋友约着吃饭，要求把老婆排除在外，但每人都必须带一个红颜知己来，否则不许入座，绝不通融。由于都是要好的朋友，卓玉听完后，知道不带个女人过去肯定是过不了关的。他开车走在路上了，也还没有想起来应该带谁去。走过一个十字路口，看到路边一个年轻女子正在悠闲地慢慢走着，他灵机一动，把车滑到她的跟前，摇下了玻璃："美女，请你吃饭行不?"那女子头一抬，大大方方地问："真的啊?""当然真的，上车吧?"他打开车门，女子迅速坐了进来。车又迅速向前开去，他笑问道：

"不怕把你卖了?"女子转过脸来:"是咱们本地的车号。再说你也不像坏人啊。说说,为什么请我吃饭呢?"卓玉说了朋友的要求,女子大笑起来:"好啊,我就这么简单地成为你的红颜知己了?"这时候,卓玉看到她鼻翼边上的红痣使她的笑容更加生动起来,就又开玩笑道:"定了哦,你就是我的红颜知己了。你那美人痣真好看,是真的吧?"女子头一扬:"这可是天生的,货真价实,绝不假冒伪劣!"来到帝豪酒店,两人并肩往里走着的时候,卓玉才突然想起来,问道:"对不起,还不知道怎么称呼你呢。"女子大咧咧地摆摆手:"没什么啦,本小姐芳名叫小萍的啦。"吃过饭,卓玉送她回去的时候两人才互相存入了对方的手机号。

过后卓玉就把这件事忘掉了,连曾经存过小萍的号码都没印象了。

一个多月后的一天,忽然一个电话打进来,他看着屏幕上的来电显示嘟囔道:"小萍?小萍是谁啊?"听到是个年轻女子的声音问道:"我们是不是一起在帝豪酒店吃过饭呢?"卓玉就假装很熟的样子:"当然,美女这么健忘啊?"说着说着,卓玉慢慢想起了那次的红颜知己事件来,就更加顺畅地交谈下去。"怎么想起给我打电话来了?是不是想我了?"卓玉贫嘴道。小萍有些幽怨:"还是红颜知己呢,难道你不想人家啊?"猛然间,卓玉眼前浮现出了小萍鼻翼边的那颗红痣来,心一颤:"我想去看你啊。"小萍声调一下子高起来:"那……你来吧。"

弄明白小萍居处的具体位置后,卓玉抱着开玩笑的心态赶了过去。但两个人谁都没想到,他们就这么简单地发生了亲密接触。令卓玉更没想到的是这竟然是小萍的第一次,他一下子意识到了自己的唐突,心中油然升腾起一种责任感来,他决心一辈子好好善待小萍。

随后他俩又交往过几次,两人都感到比较满意。可突然有一天,小萍告诉他,以后不再见面了。他急火火地问道:"发生什么事啦?"小萍平静地摇着头。他继续问:"那是为什么?"小萍神情散淡地说:"什么也不为。"过了半天,又轻声重复道:"真的,什么都不为……"然后声调又高了起来:"好啦,走了哈。"

小萍再也不理自己,卓玉的心情糟糕透了。

他手支额头,又静静地坐了半天,然后才摇摇晃晃站立起来,拿过麦克风张口喊开了,声调先高:"大年五更立了秋,正月十五下冰雹,砸了荞麦和绿豆……"后低:"板上切的是瓜菜,炒到锅里变豆腐……"这首小时候学会的名叫《倒到歌》的童谣就这样被卓玉突然不经意地喊了出来。

# 它有两个名字

才下午4点刚过,酒吧还不应该是有客人的时候。

一个雍容华贵的老太太抱着一只还未成年的小狗进来了,向服务台要雅间。服务生犹豫了一下,指指她抱着的狗。她轻轻拍拍狗头,对服务生说:"这是红贵宾泰迪,它没有体味,天生永远不掉毛,不会有什么影响的,钱你们随意收,它是我的家庭伴侣犬,必须得进去,否则我也马上走。"老板过来说话后,服务生赶紧引导她来到一个小雅间坐下来。

她点了几个小菜,然后说:"来一瓶朗姆酒。"

服务生愣了一下,这种酒也叫火酒,酒精度高,过去横行在加勒比海地区的海盗都喜欢喝这种酒,它的绰号又叫海盗之酒,按说不适合老太太用啊,但顾客是上帝,服务生稍一迟疑后,还是马上转身去准备了。

老太太把泰迪放在桌子旁边座位上,以亲切的语气说道:"小莹啊,坐下来,咱娘俩说说话,一会就吃饭了。"

小狗不出声,伸出前爪,不让她离开,这种狗特别粘人,显得活泼可爱,聪明而优雅。老太太说:"听话啊,小莹。"它就安静地在座位上不动了,颜色很深、呈椭圆形的眼睛静静地看着她,显得很乖巧。

老太太脱下外套,挂在衣服挂钩上,自己也在挨着泰迪坐了下来,轻轻拽拽覆有厚毛的狗耳朵:"小强啊,真是个乖孩子。该休息的时候多休息,该玩的时候就玩。你啊,从小就是不听话,我不唠叨怎么行。"

服务生拿朗姆酒来后,问道:"需要勾兑吗,太太?"

老太太很篱落地吩咐说:"一杯倒纯的,一杯加冰块,一杯兑可乐。"

酒端过来后,老太太说:"纯的给我,那两杯放在泰迪前面。"

服务生感到很疑惑,但还是按照老太太说的把酒杯放下来。杯中那微黄的液体,轻微地荡漾,一股芬芳馥郁的酒精香味散发开来。

老太太端起自己面前的酒杯，轻轻啜了一小口，强烈的香味和那细致、甜润的口感纠结在一起，让老太太把眼睛闭上了一小会儿，回味了一下后，才对着那只红贵宾泰迪举了举酒杯："小强，端起酒来啊。"

小狗用后面的两条腿站立起来，前两条腿伸向加了冰块的那杯酒，用厚实的脚垫外围适度拱起椭圆形的脚趾把酒杯捧了起来，像人一样地举了起来，也向老太太伸了伸。

服务生看到这一幕，佩服得不得了，不由地称赞道："这狗狗真聪明吧。"

老太太看了他一眼，脸上漾起了笑纹："那是。泰迪这种狗性情温顺，听觉敏锐，智商高，聪明好学，容易训练，特别可爱的。"

服务生频频点头，待小狗放好酒杯后，过去拉起它的一只前爪，"狗狗，你好。"

这只小狗用那明亮的大眼睛顽皮地瞪着他，撒娇地抽回前爪，把头扭向一边，不理他了。

服务生看看老太太，自嘲地轻声笑了起来。

老太太慈眉善目地笑笑："小伙子是哪里人啊？回家多吗？"

服务生神情有些羞涩："从乡下出来的，在技校受过培训，就到这里干了，回家不是太多的。"

老太太显得有些话多："家中都有什么人啊？"

"爸爸妈妈，还有一个妹妹。"

"哦，那多回去看看他们，特别是做父母的，会经常想自己的孩子的。"说这话时，老太太的眼光看向远处，显得有些空洞。

待服务生答应后，老太太就又端起了自己的酒杯，轻抿了一小口，然后举着再次伸向那只红贵宾泰迪："小莹，陪我喝杯。"

那只小狗就又有模有样地重复了上次的动作，只是这次它端起的是另外一杯兑了可乐的酒。

服务生也再次赞叹道："真了不起，美丽、乖巧。"

老太太已经进入了全神贯注的品酒状态，她说："小强，端。"小狗就端起加冰块的那杯。她说："小莹，来。"小狗就会端起兑了可乐的那杯。

突然，服务生神情一顿，这老太太怎么了，一会儿管泰迪叫小强，一会儿管泰迪叫小莹。

待老太太回过神来的时候，服务生还是开口问了："太太，这只狗狗到底叫什么名字啊？"

老太太突然沉默了，脸色也有些难看。

服务生担心自己那里说错了，让顾客高兴才是自己的本意，惹得客人生气，那就是一个大问题了，他嗫嚅起来："我、我……"

老太太慢慢说道："没有什么，这只狗啊，它有两个名字。"

服务生的心一揪，快速出去了。

等到老太太结账告辞时，服务生诚恳地和她说道："经理让我转告您，我们这里随时欢迎您和您的泰迪来做客，我们会把泰迪端过的杯子专门给它留着。"

"谢谢。"老太太轻轻抚摸怀里抱着的红贵宾泰迪身上那那硬而密的卷毛，眼睛里泛起一层水光……

父亲的心

儿子同意了，他就陪儿子一同奔一家名叫"打造廉洁官员"的话吧而去。

最近，在机关集中的路段上开张了一个名叫"打造廉洁官员"的话吧，官员们路过时脚步往往会慢下来，若有所思的样子，但随后大多数人还是转身走开了。

话吧主人是个六十多岁的男性，眼中仿佛略带一丝忧伤，外地口音，对进来的每一个顾客都会矜持地点点头，并不多说话。

这次，话吧主人痴痴地看着他们父子，感到眼睛有些模糊。

父亲叫着儿子先来到一间标着"廉洁楷模"的隔断前，让儿子进去，自己站在门外等着。话吧主人心里一动，抹一把眼，给送过去一把椅子，让他坐下来。这间里面有一部电话机，拿起话筒，就能听到介绍古今有关廉洁为官的动人故事，是话吧主人精心挑选后找人录制的。

十几分钟后，儿子走了出来："爸，这些事儿我都知道呀。"

父亲摆摆手，摇摇头，说得截断而干脆："知道，不一定能做到。"

他站起身来，奔向另一个叫"贪念初起"的隔断，儿子拿起椅子，快步跟上，并扶了扶父亲的胳膊，小声说："你不用到每一个门口来呀，坐下等着吧，我自己去好了。"父亲不容置疑地摇摇头，到这个门口稳稳地坐下了。

儿子不再说什么，走进去拿起了话筒。里面全都是面临诱惑时人容易引起的一系列摇摆心理状态的描述。如某件事情安排这人去干，这人会赚一笔；安排另一人干，另一人就会赚一笔。过后受益人感谢你，你会犹豫、动摇。儿子感到有点震撼，不知不觉冒出了一身汗水。这时，听到话筒里提示说："你若动摇过，请进下一间'犯罪表现'。"

儿子出来，父亲看到他面色涨红，头顶有丝丝热气升腾着，知道话吧里的内容对儿子起了一些作用，心里泛起一丝满意和欣慰。

他无意中回头看了一下话吧主人，只见话吧主人痴痴地看着他们父子，眼睛里不知为什么似乎流露出了一丝羡慕的神色。

接下来，父亲又陪着儿子去了"忏悔体验""家人呼告"等隔断，儿子又听了一些贪官的忏悔和家人令人心碎的呼告，满脸通红地出来后，父亲脚步迟疑了一下，摆摆手让儿子先走了。

"老哥哥啊，你办这个话吧太有意义了。"他与话吧主人闲扯起来。

话吧主人长叹一口气，说："可惜，来这儿的官员还是太少，你看这半天就来了你们父子俩啊！"

他问："老哥哥你怎么想起来做这个的啊？"

话吧主人脸上浮起一层阴云，肌肉变得有些僵硬，嘴唇哆嗦着，过了很长一段时间，才声音颤抖着说："我那不争气的儿子，在建设局长的任上干了不到三年就进去了，在那儿一想起这事儿来就难受，所以我就搬这里来了……为了不让更多的父亲，像我一样……"话吧主人声音有些哽咽，说不下去了。

怪不得从一进门就感到这人有些怪，原来心中有这么沉痛的创伤。他走上去，拥住他的后背，轻拍了几下，本想劝他几句，但又感到说也会说得干干巴巴，于是就一直沉默着。

话吧主人渐渐平静下来，抬眼问他道："你儿子在什么单位工作？"

"在地税局，当着局长。"他声音有些轻飘，"作为一个有权有钱的单位的一把手，我经常告诫他，要好好干工作，别想歪门邪道。上你这里来，也是想对他起点警示作用啊。"

话吧主人点点头："哦，哦。"

"我准备经常陪他来，让他好好受受教育。"

临走，他和话吧主人使劲握了握手："老哥哥，有空也常回去看看儿子，让他改造好了重新做人啊。"

话吧主人点点头："也欢迎你们父子俩多来。"

从这天起，每过一段时间，他就拽着儿子来这里重温一遍这些程序。话吧主人总是用慈祥的目光看着他俩一间间地进出着。

时间长了，儿子渐渐显得有些不耐烦了。越是这样，他就越是拽着儿子来这里。但有时儿子接个电话，告诉他单位有事儿，就先走了。看着儿子离去的身影，他感到一阵冷森森的感觉迅速传遍全身。

话吧主人会走过来，拍拍他的肩膀，不出声地站一会儿。

这天，话吧主人看到很长时间不见面的他，独自一人来了，脚步很迟缓，精神也大不如从前。

"老弟，这一向是不是很忙啊？"话吧主人走上前去，把他迎进来。

他的脚步有些踉跄，一下子抓住了话吧主人的手。

话吧主人感到他的手有些颤抖，就把另一只手也搭上去。

"我儿子……我儿子……也进去了啊。"说着，大滴大滴的泪水从腮帮上往下滚。

说完，他走到里面，拿起话筒，听一会儿就哭泣起来："多好啊，讲得多好啊，你们怎么就是不听呢，你们为什么就是不听啊。"

他趔趔趄趄地走了，话吧主人瞅着他那孤独的背影，直着眼睛发了半天愣，然后头猛地低了下去。

几天后，这家"打造廉洁官员"的话吧悄然关闭了……

 # 勇 敢 爱

他和她相识，源于那次意外。

发现情况紧急，他快速向一边打方向盘，同时狠狠地踩下了刹车。她叫后视镜从背后刮了一下，摔倒在地上。他赶紧打开车门，快速过来扶起她，关切地问道："伤到哪里了？"

她转转头，活动活动身体，笑笑："好像没事儿啊。"看他满脸紧张的样子，就努努嘴，"没事儿，你走吧。"

一般说来，这种情况下，她应该要求去医院全面检查住院治疗，并借此讹肇事者一笔钱。这些年来在生意场上，他见到了太多的利用和被利用。看到她轻松的样子，他的担心和害怕逐渐解除，并油然升起一种责任感来："那可不行！说什么我也得送你去医院做个检查，真没事儿才能放心啊。"

他一再坚持，她才上了车。经医生检查后，确实没有什么大碍。她笑着说："我说不用吧，你还非费这个事不行！"

从医院出来，两个人说话就更随意一些了。她问为什么开车好像有些心不在焉时，他不易被人察觉地轻轻叹了一口气。事情发生时，他正为自己至今不能寻到一份纯真爱情而恍惚。这事怎么好和她说呢。他只好搪塞："意外，意外。"然后就轻轻哼起歌来，她听出是最新流行的一首《勇敢爱》。只是和张靓颖唱的比起来，味道差远了。

分手时候，在他一再请求下，两人互留了手机号码。过后，有时他会给她发短信或打电话，关心地问问那次摔倒对她是否还有影响。但他要请她吃顿饭时，她总是坚决拒绝。再后来，他嗫嚅着向她求爱。她告诉他，自己早有男朋友了。看他垂头丧气的样子，就劝他："何苦呢，你这样的大老板什么样的女朋友找不到啊！"他直视着她，用低缓的语调诚挚地说："我就是喜欢你，我见过的女人没有谁能比得上你啊。"她赶紧躲开他的目光，把头向

一边转去："这是永远不可能的！"越拒绝，他对她的好感越增加了。

她是和男友一起来这座城市打工的，他们的收入并不高，可两人相亲相爱，她心满意足。

他了解到她男友的情况后，更增强了信心。他的穷追猛打，让她害怕。她没有和男友说原因，坚持改换到一家在城西的单位去打工。对他的短信和电话，她也坚决不再搭理了。

想不到祸从天降！这天，她男友的眼睛突然就歪斜了。到医院一检查，是脑子里长了一个瘤子，需要马上做手术。他们家中都不富裕，两家父母连借带凑，昂贵的医疗费还是远远不够。最后，在无奈中，她想到了他。

他一看是她打来电话，声音都有些颤抖了："这些日子让我好找！你躲到哪里去了？"

听到她说的情况，他略一沉吟，马上就热情地说道："钱，你别发愁，我来想办法就是了。"

当天他就送来了五万元钱："你先用着，不够我再给拿。"

她的眼泪哗哗地流下来："谢谢你。这些钱，以后我一定想办法还你。"

由于是一种恶性肿瘤，又加上病变组织把大脑几乎所有的缝隙里都填满了，手术效果并不理想，医生说术后最多还能活半年时间。她不相信，平日活蹦乱跳的男友真会出现医生说的那种情况。她一边打工一边精心照料着男友，盼望奇迹出现。

由于见过太多的虚情假意，他看到她这么有情有义，对她就更加喜爱和珍惜了。有时也觉得，在她男友这样的时候，自己有这种想法是不道德的，但还是抑制不住对她的这种感情。

他打电话给她，她就会说："谢谢你。你的恩德我们永远不会忘记。钱，我一定想办法尽快还给你。"

他满腔热情一下子冷却下来："俗不俗啊，怎么一说话就钱啊钱的？"

她声调低缓："那说什么啊？"

是啊，说什么呢？尽管自己这么喜欢她，但在这种情况下他又怎么能提起这个话题呢！他诚挚地对她说："对钱别考虑太多。好好照顾病人，自己也别太累着。"

她点点头，轻轻地"嗯"一声，就挂断电话，忙自己的事去了。忙着忙着，嘴里不知不觉地小声哼起来："一个人孤单的降落，拥挤得只剩下寂寞，天晴了风吹的时候，泪水连记忆蒸发了……"她一愣神，赶紧停了下来，不明白自己为什么突然会哼起这首《勇敢爱》来！

时间一天天过去，他对她的关心丝毫也没有减退。这天傍晚，他不自觉地来到她的住处，在远处隔窗就能看到她正在一口口地喂男友吃饭。疲惫的脸上很平静，嘴里还一声声不住地说着什么。他走到门前时，听到她正说："……你要快快好起来，咱们以后还得结婚过日子呢……"

他停住脚步，怔了半天，然后慢慢转过身去。走出一段路后，忍不住唱起来："想念，我还想念，爱没有终点，虽然你不在身边，天空依然灿烂，我可以期待下一次能勇敢爱……"

她隐约听到了他的歌声，快步从屋子里走出来，只见他有些摇晃的身影已经渐行渐远……

咱们来个约定

来到这家酒吧门前，才突然想起了这里女老板与他曾经有过的那个约定。

他看到女老板好像并没有发生很大的变化，眼睛还是那么明亮，只是光滑的脸上略微增加了一些很小的皱纹。对着洗手间墙上的镜子，看到自己 40 多岁就已半白的头发，回想起十年的囹圄生活，悔恨之情更加猛烈地涌上心头。回到自己的座位前，他端起杯中的烈酒，"咕咚"喝下去一大口，一股热流灼灼地从口中进入胸腔，浑身马上燥热起来。

出狱这些天，他没有踏出门口半步，家人也不敢劝他。但他能从家人的眼神里看出那种对他担心来，是怕他不能尽快地融入当下的社会中来。他想了几天，终于想通了，早饭后和家人说出去走走不回去吃中午饭了，然后就走了出来。

在外转了转，不知不觉竟信步来到了这家酒吧前，名字还是原来的名字，布局也还是原来的布局，只是显得陈旧了一些，但处处拾掇得干干净净，给人一种清清爽爽的感觉。

那时，他还在一个叫质检站的单位负责，单位不大但非常有权，找他办事的人脚尖碰着脚后跟，他整天需要不断应付一场场吃喝。不过，他经常感到疲惫、厌倦，所以每过一段时间就到这家酒吧里坐坐，放松一下，自己静静地喝上一杯。

开酒吧的女老板最多有 30 岁，是个很场面的人。只要他单独来，她就给他安排在一个小雅间，看他的眼神流露着一份理解，每次在上完他点的菜后会再给他赠送"一清二白"和"一帆风顺"两个小凉碟。当小服务员端来这两个小菜并报出菜名的时候，他并没有什么特别的感觉，总是一笑了之，商家的名堂罢了。那时自己年轻啊，总感到前途什么的处处光明，对很多生活小事都不太在意。

喝上几杯酒后，他的大脑就兴奋起来，女老板年轻的身影总在眼前浮现，他不知为什么就想叫她来说说话，骨子里并没有别的什么其他想法。这时，他往往会支使服务员："给我把你们的老板叫来。"

不一会儿，女老板就一阵风似的推门进来，轻轻带上身后的门，笑着问道："秦站长，您有什么吩咐？"

"你认识我？"他斜着眼睛看着她问道。

"您时常来为小酒吧捧场，我怎敢有眼不识泰山啊。"女老板虽然表面是调侃，但他听来更多的是抬举，感到很舒坦。

"大多是我自己来，谈得上什么捧场啊。"他摇摇头说，"没人说话，就是想找个人说几句话罢了，并没有什么吩咐的。"

女老板大大方方地一笑，在他对面坐下来："您没看见我正洗耳恭听呢。"

她这一正经，他反而没有什么说的了。看他这样，女老板理解地笑笑，替他端起酒杯来："我敬您杯酒吧，祝愿……祝愿您就像这两碟凉菜一样，一清二白做人，一帆风顺做官。只要愿意，您可以随时来我的酒吧坐坐喝上杯酒。"

"好的，我会经常来的。"他接过酒杯来，一口喝干了。

"那咱们来个约定，"女老板伸出手指，与他拉了一个勾，然后又说，"说到做到啊。"

"没问题，没问题。"他当时并没有深思，就顺口答应了。

他慢慢端起酒杯，又喝下去一小口。依过去的惯例的话，那赠送的两个小凉碟应该上来了。但又过了半天，并没有。他想了想，对门外喊道："服务员，服务员。"

女孩推门进来："先生有什么吩咐？"

他指指桌面："赠送的小凉碟怎么还没有上来啊？"

服务员一脸疑惑："什么？我们这里没有这种说法啊！"

"哦，哦，"他点点头，"你叫你们老板来一下。"

很快，门被轻轻敲了几下，女老板随即走了进来："秦站长，您终于来了。"

他心里一热，眼睛有些湿，急忙摆摆手，声调有些复杂："可不敢这么叫了，使不得使不得。"

女老板热情地拉拉他的手："咱们那个约定，你失约了有十年了吧？"

他擦了擦眼睛："唉，一言难尽啊。"

"来了就好，来了就好。"女老板摇摇他的胳膊，"不是有句话，叫什么回头是岸嘛。在岸上，脚底就踏实了。"

他喉结上下滚动着，喉咙有些不顺畅。

女老板说："当时赠送两个小碟，并不是所有客人都有的，我听到一些对您的风言风语，不想平白失去一个顾客，所以……"

"原来……"他一下子明白了，"唉……我……再也……不配了……"

女老板诚恳地说："生活还得过，过好今后的日子更重要啊。我再给您端杯酒吧。咱们再来个新约定。不管什么时候愿意了你就来坐坐，这里随时欢迎您。咱们再拉个钩?"

他伸出手指，同时使劲点点头。

女老板走后，他默默地坐着，沉思了半天后，突然端起酒杯来，"咕咚"一口喝下去，然后拉开门，大步走了出去……

反赌演艺吧

小春报完节目，演艺吧的灯光就次第变暗了。

灯光开始集中聚向舞台正中央的小迪和他手中的扑克牌，只见他先把扑克牌放在桌子上，用手掌熟练而准确地均匀摊开、摞起，摊开、摞起，台下掌声"哗哗哗"地响起来，他不慌不忙地又拿起整副扑克牌，像拉弹簧一样，把牌在手中拉开再压缩，压缩再拉开。

灯光疯狂地变换闪烁起来，掌声更加狂热，叫好声、口哨声此起彼伏。

"哎呀，你怎么这么厉害呀！"小春长辫子往后一甩，亮汪汪的大眼睛盯着他手中的扑克，眼珠就不会转动了。

他腰一挺，头一昂，更加起劲地卖弄起自己的手段了。

"小迪哥，你教教我吧？"小春眼巴巴地看着他。

"喃，你试试。"他把牌递给小春。

学着他那样把扑克牌往外一拉，"哗啦啦"纸牌全部散落在了地上，小春生气地撅起嘴来："哼！"

他轻轻一笑，蹲下身去，一张张捡拾起来，又开始拉开压缩，压缩拉开。

轻微的一声"咔吧"，灯光突然熄灭了，所有人一下子安静下来，前方出现一个四四方方的橘黄色的框子，音乐声突然响起，方框中嵌进了两个大字"赌神"。他翘着脚后跟，微张着嘴，画面上赌徒们那玩扑克牌的出神入化手法深深吸引住了他，口水连成线地从他微张着的嘴中流淌下来，他才略微回过神来。

回到家中，小迪就沉溺于玩牌无心做事了。父母硬逼着，他才白天做些农活和家务。一到晚上，就偷偷躲在被子里练习玩牌。几个月后，他像电影里的人一样，能把扑克牌在手中变魔术似地得心应手的玩了。

很多人对他的牌艺大加赞赏，他心里美滋滋的。

那天，一个其貌不扬的人来找他，显露了几手后说："你那玩法太小儿科了，你光这样玩有什么意思啊？跟我到外面闯荡去吧。"

小迪拜他为师，师傅教会了他如何把大牌发给自己，怎样扣底牌和发二张等赌场上最古老的"千术"。

可是，师傅在赌场扣底牌的过程被监控录像录了下来，接着让人打断双腿用车拉走下落不明了。赌场的老板看上了小迪的天赋和精明，留下他系统地教他学认牌、发二张、洗牌、飞牌这些"出千"术。小迪不久就成了一个手比眼快的神奇发牌手，号称少年"千王"。他将54张扑克牌中的大牌在手中随心所欲地按需要的顺序穿插好，照老板的授意把好牌分别发到赌场安插的赌徒手中。因为小迪年轻，没有人相信这么年轻的发牌手会是老板安插的"老千"。登台当天晚上，他就为赌场赢了一个老板的80多万。

掌声又一次响起来。远处，小春站在灯光的阴影里，神情有些悲戚。小迪身上掠过一阵震颤，他想小春肯定又想起那躺在医院的丈夫了。

一个和小春长得有些相似的年轻女子在这家赌场输掉近千万后的自杀终于让他的良心有了发现。

他逃出赌场，来到另一个城市，准备找份工作安身立命。但他的文化程度达不到小学毕业，所以没有地方愿意接收他。最后来到一家演艺吧，请求老板让他为观众表演赌场里的"出千术"。结果很受观众欢迎，老板才最终决定留下了他。

散场后，有位女观众来到后台找到小迪，哭诉赌场之害，建议小迪不能光表演，更要站出来揭露赌场"千术"，帮助人们认识赌牌的骗人手段。小迪感到声音有些熟，抬头仔细一看，站在眼前的竟是小时候的伙伴小春。小春双眼凹陷，里面那明亮的色彩已经不复存在。"小春，怎么会是你啊？"这时，小春也认出了小迪："嗨，原来……你……"他上前一步，"小春，你怎么来了？"小春"呜呜"大哭："孩子他爹，赌博赌得入了迷，我来找他，他已被人打瘫痪了……呜呜，呜呜……他就是赌扑克牌赌的啊……"

"请观众上台来配合一下好吗？"拿麦克风对着台下，见观众举起来的手臂密密麻麻，小春就从中穿插着点了五人上台来。

小迪把牌反过来，拿出几张大牌，让他们看好，然后说好将把这些牌分别发给哪个人，然后小迪把牌递给他们，让他们任意洗牌，任意插牌，最后放到他背在身后的双手中，他"噜噜噜"几下抽出牌来，将说好的牌分毫不差地发给了说好的每一个人。

两人那次见面，小春给他出主意："咱们合伙开一家反赌博演艺，能买票收入些钱，同时也能让更多的人明白赌牌是怎么回事儿……"

小春对着话筒说："赌场里就是这样操控的……"

凄情陶吧

小珂一抬头，自己竟然又来到了情侣陶吧门前，她痴痴地望着作为门面装饰标志的那对正欲接吻的男女，眼睛里一片茫然……

不久前，最繁华的大街上突然冒出了一个"情侣陶吧"，在周围高低楼群的映衬下，它那以土黄色为主调的门面装饰显得很有特色，连一对翘着脚后跟上身前倾着正要接吻的男女造型也全部是黄泥巴的颜色，这种布局朴素中显出一种高雅格调。

"我要去，我要去。"小珂看了第一眼就高声嚷着，同时摇了摇张翔的胳膊。

"去，去。"张翔也显得很积极，同时嘴巴向她耳边贴过去，"我可是懂些陶艺的哦。"

进大门后，他俩要了一个单间。一进入这个雅间，轻柔的音乐就响起来。两人同时抬起头，原来在墙角装饰着一个红陶的心形挂件，美妙的乐声就是从那里面发出来的。工作台边有迎面相对着的两个座位，两人隔着工作台坐了下来。

敞开着的门被轻轻敲响，身着白色工作服的服务生用托盘托着两块黄泥巴走进来，轻轻放在他们面前。小珂被他一身白色吸引住了，心想在一个天天与泥巴打交道的场所，他怎么就能不让身上沾一星泥点呢。接着不由得向他的面部看去，小伙子青春气息浓郁的脸上洁净得好像布满了阳光，神情沉静，端庄大方。看到放在工作台上的 LV 包，他顺手提起来给挂在了壁挂架的挂钩上。

"哎哎，你……"张翔看到小伙子的动作已经完成，还是说道，"没给弄上黄泥吧？"

小伙子白色身影一转，脖颈挺了挺："不会。"

"上万的包啊，你不要再随便动了。"张翔想显摆。

小珂隔着台面拉了拉他的袖口。

小伙子没搭理张翔，看了小珂一眼，向门外走去："这不才挂起来嘛，哪会随便动啊。"看到他腰板直直的，步子迈动得很有力。小珂回过头来，斜了张翔一眼。张翔好似没看到，双手揉搓摔起泥巴来。

小珂的手一接触到这块泥巴，就感到泥巴已经非常柔软和筋道，不需要再揉搓摔打。她顺手分出一小块来，想捏个小鸟。发现张翔盯着自己笑，她有些疑惑。"我要造个你。"张翔一边说，一边将手中的泥块在工作台上搓着。

小珂的眼光被他吸引过去，手中自然就停下来了。只见泥块在他手下逐渐有了灵性的样子，先是头成形了，三捏两捏，胳膊、腿都出现了，不久一个人的形状就被捏了出来。张翔又仔细修饰一番，小珂看到竟真有几分像自己了。他最后用手蘸点水，慢慢打磨着坏笑道："小珂，抚摸全身了啊。""坏死了。"小珂嘟嘟嘴，假装生气。但看到他真捏出了一个自己，心里还是感到甜丝丝的。

他递过来后，小珂小心地捧在手中，左看看，右看看，喜欢得不得了。

"把我也造出来了。"张翔的手又伸到了小珂跟前。

小珂回过神来，看到他手中捧着个憨态可掬的小猪，哈哈笑起来："这是你哈？"

"当然是我了，我属猪嘛。"

"臭猪，臭猪。"小珂戏谑着。

不提防，手中的自己被张翔一把抓过去，和他手中的小猪捏在了一块。

"重做，重做，就你中有我我中有你了。"张翔脸上甜兮兮的。小可撇撇嘴："太没有新意……"但张翔没接话茬，真的又用这块黄泥，捏出了一男一女两个人像，他两人一边看着，一边嬉笑着。

那服务生又先敲一下门，走进来："二位，如还需要什么请吩咐。"看到工作台上这一男一女的泥塑造型，嘴角向外咧了咧，小珂感到他的神情有些怪，看透和看淡一切的样子。

他俩要了饮料和果盘。服务生离开，他们迅速洗出手来，简单在室内活动了一下。饮料和果盘上来，吃着水果闲谈的时候，小珂看张翔的眼神更有光彩了。

此后情侣陶吧成了他俩经常光顾的地方，小珂也渐渐与那穿白衣的服务生熟悉起来，知道了他的名字叫王田，有时想真是人如其名，这是个像田野一样朴实的小伙子。

　　这天，他俩又来学陶艺。小珂突然肚子疼，她知道是自己的经期马上要到了。每次都这样，开始总是疼得不得了，真来了也就没多少感觉了。忍着忍惯了，所以一向也并不怎么管的。开始总是疼到骨头里，脸色变得焦黄，豆粒一般的汗珠不停地往下滚。恰巧这时张翔正在接电话，明显是他老婆的样子。张翔收了电话，连看都没有看她一眼，说了声："她的小狗病了，让我陪她去看。过会儿，你自己打车走。"看着他急急离去的背影，她的眼泪刷刷地流下来。

　　服务生王田过来时，见她在座位上向前趴着，非常痛苦的样子，吓得傻了一般。随即，就背起她飞跑出来，在路边截了一辆出租车，把她送到医院。以前这样的时候，她总是忍一忍，不去医院的。但这次小珂什么也没说，听凭王田把她送到了医院门诊室。有王田在跟前，她感到自己的委屈好似轻了一些。通过这次去医院，医生给她治好了痛经的毛病。

　　几天后，张翔又约她到情侣陶吧玩陶艺，小珂没有再理他。

　　小珂自己独自一人来到这里。她想再见见王田，可怎么找不到了。有人说，他因擅自离岗已被辞退了。小珂的心猛一揪，好像要掉下来的样子，很疼很疼的。

　　现在，小珂不自觉地就会来到情侣陶吧门前，直直地盯着作为门面象征的那对正欲接吻的男女，目光空洞、茫然……

在话吧里

看到大街上勾肩搭背地走过一对对情侣,她的眼光变得迷离起来。最近,她和老公因两个人都要强产生了一些分歧,闹到了要分手的地步。所以她对街边走过的情侣们,总会产生一种不真实的恍惚感觉。

一年前,她在这条繁华大街上租了一个小门面卖百货。同时开通两部电话,在门楣上钉上一个白底红字的塑料灯光小牌子——"话吧"。不时会有人过来买东西,打电话。

"妈妈,咱们在这里给爸爸打电话吗?"一个稚嫩的声音响起来。

"是的,就在这里打吧。"女子的声音显得有些疲惫。

她摇摇头,使劲挤一下眼睛,转过身来。只见一个十岁左右的小女孩拉着一个三十多岁的女子,站在了电话前。她赶紧打招呼,并接通了电话线路。

那女子往电话机努努嘴并推了推女儿,女儿就过去拨号了。一会儿女孩高兴地叫起来:"爸爸,我是想想……用妈妈手机打,总是没人接听,才来大街上给你打电话……嗯,会的,我这次考了第三名……那次去钓鱼真好玩。天那么蓝,水那么清,鱼乱蹦乱跳的。我还想爸爸和我去钓鱼。你回来再领我去钓鱼吧。要不,你领着我去爬山也行。你到几时回来啊,爸爸?"说到这里,女儿把话筒交到妈妈手中,那女子静静地听了一会儿,才缓缓开口道:"想想整天念叨你,要给你打电话,所以……"说到这里就停下了,又过了半天,才缓缓地扣下了话筒。女儿急不可耐地拉住妈妈的胳膊,使劲摇了摇:"妈妈,爸爸什么时候回来啊?"女子闭着眼睛,使劲往上扬了扬头,然后迅速转身用另一只手的手背擦了一下眼睛,声调尽量平静地说道:"快了,最近爸爸很忙,忙过去这段时间就会回来看想想的。"

女孩不时欢快地跳一下，那女子脚步却沉重得多，直到她们的身影淡出了视线，她才回过头来。她恨恨地感叹着："男人啊，怎么都变得这样了呢。"

她与老公产生隔阂的原因主要是她感到老公变得和以前不一样了，过去经常挂在嘴上的"我爱你"三个字竟然再也不会说了。她多次提醒、要求，可老公就是不开尊口，并且时常显得很烦。所以她怀疑老公有了外心，闹腾了一番。老公竟然以加班为由，晚上时常就住在单位的宿舍里不回家了。

看到刚才这母女二人的情况，她先是对世上的男人更有了气，转而对那位母亲的软弱表现也有些看不起：对男人低三下四的，女人离了男人就活不下去了，何苦呢？

十多天后，那对母女又走进了她的小店。还是女儿先拿起电话，和爸爸说话："爸爸，我是想想……是又换打电话的地方了。每新打一次电话都另换一个话吧，这些日子我和妈妈把咱们这里的所有话吧换遍了……爸爸，你怎么不说话了？……怕你不接电话才换的啊……爸爸，你怎么还不回来啊？……"突然，女孩提高了声调，惊喜地对着话筒问道，"真的？咱们拉钩？……拉钩上吊，一百年不变。"女儿转过头来，对着妈妈喊，"妈妈，爸爸说再过几天就会回家了。"女人眼睛里一下子出现了晶莹的泪光，铁灰色的脸面上也突然放出了光泽。女孩又回过头去，对着话筒，"爸爸，我把话筒给妈妈，你和妈妈说话吧？"女孩对着话筒又听了听，然后递到那女子手中，"爸爸要和你说话。"那女人接过去，轻轻地"喂"了一声，然后就静静地听着，慢慢地，脸上浮起了一层红晕，最后说道："好的，我们娘俩等着你。"

她为这个家庭的矛盾和解了而感到由衷的高兴，当女人递过钱来的时候，她往外一推："免了免了。祝福你们哈。看来，是你的忍耐唤回了他哈。"

女人坚持把钱支上，幽幽地说道："忍一忍，还能成全个家啊。"

自己做不到，往往是老公强她更要强，以至于到了目前这种情况。她心里一动，不知不觉一遍遍小声念叨起来："忍一忍，还能成全个家啊……"。

她本以为这母女俩不会再光顾自己的话吧了。可是十几天后，这对母女竟然手牵着手又走了进来。这次那女子脸上满是喜悦之情，女儿也显得非常高兴。

这次仍然是女儿先拿起话筒与爸爸通话："爸爸，我是想想……知道妈妈的手机能打通你的电话了……为什么还不用手机打电话？妈妈说，话吧里打的电话更有意思啊。并且，我也觉得在话吧里和爸爸通话习惯了……爸爸，怎么了，你为什么不说话了啊?"女儿又把话筒递给妈妈，"爸爸说，还是手机打电话更方便。"女子接过话筒去，停了一会儿，就使劲点头，语调里有着掩饰不住的幸福感："嗯，嗯。"

这对母女一离开，她马上摸起话筒，主动地开始拨老公的电话号码了……

摔"啪"

　　王二麻走进云破天青陶吧,要了一个单间,工作人员给他端上泥巴,然后把工作台通上电,圆形的台面就快速地转动起来。它转动得非常快,一点声音也没有。王二麻低头看了看,怔怔,然后慢慢走到插座前,拔下电源插头。工作台转动的速度逐渐慢下来,眼睛能看得越来越清楚,最后圆桌面停住了。

　　他慢慢地在台面上甩打、揉搓起泥巴来。其实,这里准备的黄泥早已揉好,并醒到了恰到好处的程度。他揪下一块碗大的泥巴来,向台面上甩一下,泥巴就扁了,用手从四面向中间拢起来,拿起来再把折上来的这一面使劲向下甩去。几次过后,他开始制作起来,只见他把泥块从中间慢慢向四下里捏去,捏一下,捏一下,一个碗状的器物成形了。这器物周围厚,碗底薄,一点也不精致。王二麻小心地托着碗底站了起来,凝神片刻,胳膊抡起来,"嗨"的一声,将它摔到台面上,"啪!"碗的底部已经鼓破,破口处参差不齐,有些碎泥点四散落在周围。王二麻迅速把泥巴甩打着又归拢在一起,再次重复这个动作。

　　王二麻是个小人物,在单位里并不显山露水,可是最近很多人关注起他来。他经过的时候,人们用意味深长的眼神看着他,看得他浑身不舒服,以至于后来他都不敢从人前走了。但毕竟得干工作啊,所以不得不的时候,他仍然要从人前经过,人们的眼睛还是不放过他,并且在他过去后,那喊喊喳喳起来的声音越响了。他有时候私下里问同事,同事马上正经起来:"没事儿,哪有什么事儿啊。"

　　后来,他终于听到了一点风声,人们在议论自己的老婆和她工作的单位的头儿有一腿,已经闹得满城风雨了。

　　老婆长得并不难看,平时大大咧咧的,和男的在一起玩笑开得有些过分,这他知道,也劝过。但本性难改,她并没有改变。

现在竟然成了这种局面！

回到家里，他和老婆谈起来。老婆有些不自然地说，只是有次他们一起打牌，闹起来她说头儿流氓，头儿骂她破鞋。

"头儿怎么能这个样子？"

他当时火气就上来了，气哼哼地到老婆工作的单位去，质问头儿为什么骂这么难听的话："你是头儿啊。"头儿开始不爱搭理他，后来看他还在说，扭头看了看，周围只有几个人，就突然说道："头儿怎么着，头儿就不是人啊！""那也不能这样说啊。""我不但说，我还做呢，我把你老婆干了，你怎么着吧？只要她愿意，你管不着！你和我也说不着！"

他的血液好似全部都冲到头上来了，拿泥巴的双手竟然又哆嗦起来，抬起头向窗外看去，外面的阳光倒是干干净净，只是亮得有些刺眼，他摇摇脑袋，眼前的那团模糊才移走了，他又慢慢揉起手下的黄泥来。

陶吧的环境是优雅的，追求精致生活方式的人才会沉醉在这种环境里，王二麻却在这里玩起了童年的游戏。小时候，他和伙伴们管这种游戏叫摔"啪"，摔的时候其中有一种痛快淋漓的感觉。现在，他就这样一次次的甩着，有些麻木。

在周围人的嘲笑声里，他迈着沉重的步子回到了家中。一进家门，看到老婆，他突然全身充满了力量，走上前去，抓住头发就把她掼倒在地上，本想再上去踹几脚，看她一动没动，也就住了手。半天后，老婆慢慢爬了起来，什么也不说，仔细地梳起头来，然后认真地抻好衣服，才开口说话："你相信我和他真有事儿？"他不说话，只盯着女人。"有，你爱怎么着就怎么着吧。"女人昂着头转身走了。

从此，女人再也没有搭理过他。

而他，心情也更坏了。

今天，在云破天青陶吧门前，王二麻看到那"打磨心情心情会更轻松，打磨生活生活会更美好"的广告语，就走了进来。小时候在农村，他见过副业队用黄泥巴旋盆旋缸的，可他并没有学会，所以只能在这里摔"啪"了。甩着甩着，他的心情竟真好受了一些。

一阵摔"啪"，情绪有所宣泄，身上感到轻松了一些，他收场走出了这个雅间。突然看到老婆从另一个单间走出门来，他怔住了。老婆刚一露头，也看到了他，就马上又缩回了自己的雅间。

他的心一动，随即跟随着老婆走了进去。老婆不理他，自顾自地在工作台上揉着黄泥巴。他在一边静静地看着，老婆同样不会玩别的，竟然也捏出一个碗状物，然后猛地扣着摔下去，"啪"的一声，底部炸出一个不规则的小洞来。他轻笑了一下，走上前去，也捏起来，在老婆未做好第二个的时候，站起身来，摔了下去。他重新揉泥巴时，老婆把自己做的又摔在了工作台上。

　　他们谁也不说话，就这样交替地摔着，摔着……

门　票

小草走得有点急，云杉紧随其后，两人走进了灯光摇曳、乐声强劲的迪吧。

小草随着伴奏音乐快速地跳了起来，她看见云杉已经有些发福的身躯显得笨拙了不少，跳得也无精打采，就转到他跟前："怎么了，跳起来啊！当年可不是这样的，那时候你跳得多好、多带劲啊。"她碰了碰他的胳膊，"咱们聊天时，你不是说要来好好陪我跳一个通宵吗？"

毕业十年了，原来的同学都各自有了一片小天地，平时已很少联系。前段时间，他两个人偶尔在网上相遇，聊着聊着小草整天梦绕魂牵着的这个迪吧就成了他们之间一个经常性的话题，他们深情回忆在这家迪吧度过的一个个美好的夜晚，说有机会一定再来这里尽兴地跳一次。

小草就发上一个复杂的面部图像："我们是不是痴人说梦？这么些年过去了，那家迪吧还开不开都不清楚，我们的愿望能否实现恐怕很难说了。"

云杉贴上一个无所谓的笑容："没有迪吧咱们可以唱歌啊。量贩式，KTV，多有意思啊。想唱就唱，想听就听。想干什么都行。"再缀上一个满脸坏笑的图像。

"唱歌有什么意思？"小草不放心地问道，"还想干什么都行，你是不是变坏了啊？"

"变得更优秀了。"

"我就是想回去蹦迪。"

"那我陪你去。"

但是过了很长时间，小草再问他打听到那家迪吧的情况没有时，他说打听不到但打听到了几家歌厅和几家高档宾馆。小草只好自己想办法，然后就兴冲冲地告诉他那迪厅还照旧开着。他立即就表示要陪她回他们上大学的城市，再去迪厅尽情地蹦一次。

小草对蹦迪一直有着美好的回忆。当时他们正在大学里读书，抽个时间就会偷偷跑到这家迪吧去蹦迪。通过云杉前前后后地主动张罗，往往每次都能跳个尽兴。他们总会在学校熄灯前准时赶回去。尤其令小草感动的是，每次云杉都会把她送回到女生公寓前，并站在那里等着，直到小草从自己宿舍的窗口向他摆手以后，他才会转身离去。后来在蹦迪的过程中有时她会问起他这件事来，他总是以开玩笑的口吻回答："万一在楼道遇到什么危险，我会及时上去解救你啊。"楼道里会有什么危险，油嘴滑舌罢了。所以，对此她当时并不很在意。

在灯光明明暗暗的闪烁中，歌手唱得有些声嘶力竭，跳舞的人们情绪越来越亢奋，不时会响起响应歌手的歌声、口哨声。小草看到云杉还在四平八稳地跳着，难道生活把他修炼得对什么都心不在焉了，网上聊天时他那激情都到哪里去了。

那次他们又回忆起学生时代的生活，云杉打上了一行字："我是那么的喜欢你，可你拒绝了，当时我那个失落啊，现在想起来都难受。真不知道你心目中的白马王子是个什么样子的？"小草回复："假话吧，怎么不直说？""写纸条了，你没理我哈。"

小草的心一沉，临毕业分手时云杉来找她，因为今后就要天各一方，两人情绪都有些低落，也就没多说话，最后云杉递过来一摞卡在一起的小纸片："这是咱们去蹦迪的所有门票，你拿着做个纪念吧。"小草心一动，眼眶有些发热，接过来小心地放进了自己已经打点好的行李箱。直到一年多以后的某天，小草才在扒拉箱子时拿起了那摞迪吧门票。翻着翻着，原来中间还夹着一张云杉对她表达爱意的纸条。那时，她刚刚与男朋友确定了恋爱关系，就将这摞门票继续放在了箱子的底层。

"现在说这些早晚了，还是好好和自己的老婆过日子吧。"小草劝他。

"凑合，凑合而已。"云山的话语里好像有着无尽的凄凉和伤感。

那时，小草的婚姻也眼看就要破裂，她对他也就有了更多的理解和同情。

"没激情了？"

云杉说："没激情了。但对你的激情却一如既往，这辈子最喜欢的人只有你啊。"

小草眼睛有些湿润，但她把话题再次转到迪吧去了。

看云杉眼神飘忽的样子，小草的热情也逐渐减退下去，脚步慢下来："你是不是累了，那咱们早点回宾馆休息吧？"

云杉漂移不定的眼光马上回到小草的身上，猛然闪亮起来，"确实不应在这里再浪费这美好的良宵了。"

小草深深地看了云杉一眼，在一阵恍惚中迈着有些踉跄的脚步出了这家迪吧。

在门口，小草看到，云杉掏出他们那两张迪吧门票，顺手撕碎了。

回到居住的宾馆，云杉急急火火地对小草说了声："我回去洗洗，马上过来。"随即又神情暧昧地说道，"你也先洗澡吧。"

小草进去把门死死地锁上，电话线也拔掉了。

她一动不动，失神地盯着天花板，在门外响起敲门声时，她懒懒地说道："我已睡下了。"

任云杉再怎么敲她也不出声了。

最后，她坐起来，走到窗前，痴痴地看着楼下，过去向楼下看时经常模模糊糊出现的云杉的影子没有再出现。

她回过身，拿起那摞保存了十年的迪吧门票，对着窗口一下一下撕碎，让风彻底吹散了……

大红袍情结

"大红袍。"一边落座一边吩咐着服务员，还未坐下来话已说完了。

"好的，先生稍等。"对于他的急迫情状，服务员略一愣，接着微微一笑，随即转身去了。

墙壁上挂着几幅用精致边框装裱好的书画作品。门窗都是木质的，是一种深深的咖啡色，显示出古色古香的情调。玻璃质地细腻，干净得好似不存在一样。他的眼光慢慢停在了一幅国画上，画面上一颗高大遒劲的茶树显示出历史的沧桑感，新萌发的嫩绿叶片边缘呈现出丝丝殷红，整体看去仿佛披着一件红色的袍子一般。树下，有个穿着翠绿上衣的少女，正向上伸着双手，好似要接住什么的样子。

"尝尝这茶叶的味道怎么样？"禅儿双肘支撑在桌面上，隔着升腾起来的热气，她那双大眼睛显得湿漉漉的。

他耸了几耸鼻梁，淡雅的桂花香真味进入肺腑，整个呼吸系统好像被扩张了似的，有一种通脱顺畅之感，让人全身心一下子放松下来。端起来，轻轻啜入一小口，醇厚的滋味漫延开来，茶水咽下半天后口中还清清爽爽甘甘甜甜的。

"是好茶，这种茶叫什么？"他问禅儿。

禅儿勉强一笑："大红袍，我家乡那地方出产的。"

"大红袍？"他眼睛盯着禅儿的红色上衣，有些走神。

"唉，"禅儿悠悠长叹一声，神情黯淡下去，"这种茶叶是大红袍啊。"

明天就要分手，一种伤感之情在两个人中间弥漫开来，不一会儿两人都不说话了。

"先生，您要的大红袍。"女服务员脚步轻轻地进来，在茶桌前忙碌起来。

茶水泡好后，他摆摆手："你出去吧，不叫你你不用进来，我想自己安静一下。"

服务员一顿，听明白后起身离开："有什么吩咐，随时叫我哦。"

他来这座城市打工不久，就认识了从福建来打工的禅儿。两个人在同一个企业，抬头不见低头见的，慢慢就愈加熟悉起来。禅儿手很巧，缝缝补补的事儿有时帮他一下。两个人越走越近，打了饭经常在一起头对头地吃，然后禅儿就抢着把两个人的碗筷刷了。休息日，他会陪着禅儿去逛商店，同时请她在大排档吃顿饭。

在两人逛商店的时候，禅儿最爱看的是童装专柜，拿拿这件，比比那件，他就疑惑："怎么，想给谁买啊？"

禅儿脸色一红，很是羞涩，半天道："想给亲戚家的孩子买几件衣服……"

看到禅儿这个样子，他感到那是姑娘的可爱神态，就说："现在又不回家，买了往回寄啊？"

"先看好，等回家的时候再来买。"禅儿的解释合情合理。

两人相处时间久了，他从本心里喜欢上了禅儿。但看禅儿无心无肺的样子，他也就没有轻易去触及这个敏感话题。

他端起飘着缕缕热气的茶水，喝了一口，茶香立即布满口中，所有味蕾都被刺激起来，他有种打了一个激灵的错觉，氤氲的茶水雾气中，禅儿的身影又模糊地出现了。

"这件衣服你穿应该很合适。"有次两人在一个专卖店闲逛时，他顺手指了一件红色上衣，让禅儿看。

店员立即甜嘴附和："先生真好眼光吧，真会为女朋友挑衣服吧。"

"真的啊。"禅儿试了试很合身，就买下，并立即穿上了。

但是第二天以后，他再也没见禅儿穿过。有时他问一下，禅儿似真似假地说："和你一块买的，我要好好留着，所以不舍得穿哈。"

看气氛合适，他忍不住说道："禅儿，我……我……喜欢你……"

禅儿脸红了，抬起头来盯着他，小声说道："哝，我是姐姐，怎能对姐姐如此……"看他情绪慢慢回落了，又接着说道，"我们……是不可能的……我真的为认识你而高兴满足……但其他的就……不行了……"

"为什么？"他急吼吼地问。

"人啊，不能跑岔了道儿啊。"禅儿悠悠叹出一口气，神情黯淡下去。

听了蝉儿的话，他一怔，接着也清醒了过来，不再说这个话题了。

过了半年，禅儿穿着那件红色上衣来找他，情绪非常低落地告诉他，自己家中有事，需要回家一趟了。

他开玩笑说："家里要给你找婆家了吧？"

"明天就走了，今天我请你喝茶吧。"禅儿没有接他的话茬，而是要请他去喝自己家乡的特产大红袍茶，"我已看好一个茶吧，还说得过去。"

看禅儿郑重其事的，他心里也泛起一丝伤感，神情变得有些落寞起来。

此后，禅儿的身影就只留在他的回忆中了。禅儿本来说还会回来打工的，可一直到现在都没有了消息。禅儿走后，他才从禅儿同乡那里得知，禅儿在家乡早就结婚并有孩子。孩子要上学，公婆身体也不太好，需要她在家照顾。

他也不知为什么，每过一段时间总会走进这家茶吧，来到后只点大红袍这种茶叶。

突然，手机音乐铃声响起来，一接通里面就传出留在老家的妻子的声音："这次，咱儿子在学校考了第一名……"

他斟上一杯茶水，咕咚咕咚喝下去，起身向收银台走去……

纸 飞 机

　　盯着舞台上正在跳舞的演员，小雪的两手在座位的扶手上快速地折叠着一张洁白的 A4 纸，纤细透明的手指上下翻飞着，五彩灯光随时会扫过来，在她明亮的眼珠上如匆匆过客一般的滑过。

　　舞台上正在跳的独舞叫《我爱你》，跳舞的男演员叫豆豆。小雪发现，他跳得比以前更加娴熟了，用舞蹈动作尽情地演绎着炽热缠绵的爱情。光临这家演艺吧的所有观众，都沉醉在了他的舞蹈营造的爱情氛围中。

　　小雪感到，豆豆的肢体语言还是那么生动形象。她奇怪，自己怎么就没有了过去观看这个节目时的那种激动心情。

　　高三快要毕业了，学习非常紧张，只有周六的下午和晚上可以离校回家。她想放松一下自己，所以就来到了离家两条街远的这家娱乐场所。在很多粗糙节目衬托下，豆豆的舞蹈《我爱你》让小雪眼睛一亮。包括一些听到这个名字吹口哨的男孩也安静了下来，渐渐地被这个舞蹈陶醉了。事实证明，这个舞蹈成了这里最受欢迎的一个高雅节目。散场后，小雪的眼前还时常舞动着豆豆的身影。那纯净的面容，健康的肌肉，匀称的体形，在小雪心中好像是刀子刻上去的似的，总也不消失。

　　小雪不知道豆豆在这家演艺吧是否还表演别的节目，但此后的每个周六她来放松时，看到他表演的都是这个舞蹈。

　　记不清是哪一晚上了，小雪竟然带了一张洁白的 A4 纸来，在观看节目的间隙里，不自觉地就折叠出了一只纸飞机来。她捏着飞机那条笔直的脊背，在自己的身前一次次向左侧比划着，好似随时都要把它放飞出去。但多次比划后，又轻轻放在了自己的腿上。皱着眉头想了想，然后拿出自己心爱的那支钢笔，在闪烁的灯光中，开始在飞机的双翼下写起字来。写完后她自己都吓了一大跳，两边的字是相同的，都是工整的"我爱你中学生小雪"这几个字。她的脸腾地一下往外冒起火来，脖子赶紧一弯，低下头去。掌声、叫好声、悠长的口哨声交织在一起响起来，小雪随着人们站起来，看着豆豆在接受鲜花并一次次鞠躬谢幕。她突然扬起手来，使劲往前一掷，这只纸折的飞机平稳地滑翔着飞向舞台，准确地落在了豆豆的脚下。小雪感到身体一阵轻松，但心却腾腾地跳起来。她眼睛直直地看着站在舞台上的豆豆。直到豆豆弯下腰去，捡拾起来，她才长长出了一口气。豆豆看了看后，举着这只纸飞机向台下挥了挥手。小雪感到豆豆已经看到了自己，就轻松地转身向场外走去。

小雪很快就折叠好了今天晚上的纸飞机，拿着它又在胸前一下下比划起来……

小雪在模拟高考中考了全班第一名，那个周末看完了演艺吧节目后，不自觉地来到了后台的演员休息室，大方地主动向豆豆伸出了自己的右手："你好，祝贺你的精彩演出。"

"谢谢！"豆豆热情地和她握了一下手，"请多指点啊。"小雪没接他这表示客气的话茬，直视着他："知道我是谁吗？"豆豆一怔，立即明白了："哦，小雪啊。"

他打开一个抽屉，拿出了小雪刚刚投掷到舞台上来的纸飞机，反过来看着小雪写在上面的字，沉默着，半天才问道："快考大学了吧？"

"是的，快了。"她低眉小声答道。

"出去走走好吗？"豆豆轻声问道。

看到豆豆手中的纸飞机，小雪随他走出去，两人轻松地谈高考，谈舞蹈。临分别时，豆豆又把眼光转向自己手中的飞机上，幽幽地说了一句："安心复习哦，不的话以后很多东西都无从谈起啊。"

小雪一惊，脚步顿了一下，眼光慢慢暗淡下来。她转身向家中走去的时候，感到有一道眼光一直跟着她，但她没有再回头。

看着自己手中还在比划着的飞机，小雪无声地笑了一下。那次两人交谈以后，小雪就没有再踏进这家演艺吧。当时离高考越来越近是一个原因，但豆豆的谈话起了更多作用是另一个原因。自己上大学半年后的假期里，她选了这个周末又来到了这里。

在豆豆演出结束的热烈氛围中，她一次次比划着自己手中的纸飞机，但最终并没有让它飞向舞台。她迈着轻松的步子，又走到了演员休息室。豆豆看到她后，立即从座位上站起身来。小雪把手中的纸飞机递给他："祝贺演出成功"。

豆豆接过去，看到这次的纸飞机仍然是用 A4 纸折叠的，通体一片洁白，飞机翅膀下边也不再有一个字，他抬起头来，看着小雪欣慰地笑了。

"谢谢，我会好好保存的。"豆豆又打开抽屉，小心地把这只纸飞机放进去，接着拿出一串用一根线串起的同样的纸飞机来，笑着递给她，"我想，这些也应该还给你了。"

小雪接过这些自己以前放飞到舞台上的纸飞机，看着上面自己写的那些稚拙的字迹，头深深低下去："谢谢你"。

她提着这串纸飞机转身离开的时候，泪水抑制不住地流了下来。

刻 瓷

何斌走进来的时候是下午课外活动时间，西斜的太阳把光线柔柔地投射进来，他恰恰站在这抹光线里，青春的脸色好似透亮一样，有一种瓷器的细腻感。

张老师停下叮叮当当的刻瓷工作，抬起头来。何斌的眼睛里有一股亮亮的光，挑战似的望着张老师。张老师没有与他对接目光，低下头，拿起工具又敲凿起来，叮叮当当的，富有韵律感。何斌的眼睛里出现了一丝黯然，直直的脖子软耷了一下，慢慢走上前来，看到老师在一个磁盘上凿刻出了一幅图画，虽是雏形，但成形的部分中小鸟栩栩如生，花枝葳蕤纷披。何斌的眼光又变得亮亮的了。

张老师发现了他的变化，心里微微一笑，就继续严肃地认真雕刻着，他感到了何斌热热的眼光在他的手和盘子之间来回踅么，还不时地盯着他的脸看一会儿。

何斌是班里的一个大男孩，身体发育早，身高马大的，有时就欺负其他同学。很多老师头疼，越管他他就越是逆反，越是与你挑战。何老师刚刚接手这个班，就有一个叫王刚的同学找他反映，何斌抓着他要把他的脸按到马桶里去，有几次差一点就把他按进去了，还一边按着一边说："你看多干净，按上也没有什么问题。"把王刚吓得嗷嗷叫，他就获得一种满足感。

张老师了解了一下，何斌并没有真把王刚按进马桶过，但最近几天只要在厕所碰到一起，他总是去抓王刚的后衣领，王刚说要报告老师，他就哈哈大笑，"报告去，报告去。"张老师知道，何斌就是想引起别人的注意来，你不理他，他失去兴趣也就没事了。但是，王刚会常常产生不安全感，所以张老师就想把这个问题早解决掉。

这次并不是张老师把何斌叫来办公室的，而是何斌感到自己的所作所为老师没管，他感到很失落，就主动晃荡进了张老师的办公室，用挑战的眼神想引来老师的过问批评，然后得到一种满足感，哪里想到，自己都主动走进来了，老师也没有理他，他的斗志慢慢消失了，兴趣反而被何老师的刻瓷技艺深深吸引了过去。

何斌不自觉地把手伸进了自己的裤兜，犹豫了一下，慢慢掏出了一块磁片，认真看了起来，那是一块上世纪五十年代景德镇产的手工绘制的瓷碗的碎片，并不是什么高档瓷器，他从一些地方看到，收集瓷片也是可以的，就到处里找寻，竟也让他找到了一些，在班里他自己就感到比别人高板了一些。

他犹豫了半天，开口道："张老师，你刻得这么好吧。"

"是吗？"张老师顺嘴说道，"业余爱好而已，你看着好？"

何斌鸡啄米一样地点头，但神色中不恭的成分还是有的："是的是的。"

张老师这时才突然发现似的指着他手中的瓷器残片说："你也喜欢瓷器？哦，还有些年头了，快六十年的东西了，尽管不是高档瓷器碎片，现在也难以找到了，说明你下了一番工夫哦。喜欢，并不是非得特别珍贵，那样的话，就成为物的奴隶了。特别是在经济不太宽裕的情况下，更没有必要。人，永远应该是物的主人而绝对不能是物的奴隶。"

看到老师严肃庄重的神色，何斌这时对张老师更加刮目相看了，脸上那种不恭神情已经荡然无存了。

张老师又低下头去敲击小錾子了。

何斌一直看着张老师，见张老师又不理他了，心里更加失落起来，但他在一边无声地磨蹭了半天，又往前凑了一步，恭敬地说道："老师……"

张老师这次迅速抬起头来，看着他。何斌感到老师的眼睛里满是鼓励的样子，眼光好似有了暖暖的温度一样，就终于鼓起勇气，指指桌子上那盘子和老师手中的凿刻工具，"我想跟老师学这个……"

"好啊，"张老师这时热情起来了，"不过……怎么说呢，刻瓷是一门艺术，古人有功夫在诗外的说法，真要学，需要下一番工夫，里面包含着刻瓷者的学识、修养等，你能做到吗？"

"学识、修养？"何斌小声地重复着，头低了下去。

张老师看到差不多了，脸上露出欣慰的笑容，站起来轻轻拍拍他的肩头，何斌的头慢慢抬起来，看着张老师的脸色，张老师说："先学着，有这种意识，慢慢就会好的，来，你过来试试。"

何斌满眼感激，细腻的脸上具有瓷器一般的光滑感，满是高兴，老师把他拉到桌前，让他坐下，手把手地教起来。

　　此后，何斌就像变了一个人一样，上课认真听讲，作业完成认真，课外活动就在一只盘子前敲凿，有时去找张老师请教一下。

　　一天，张老师正在办公室里端详自己刻好的那只盘子，王刚来向张老师汇报说，何斌再也没有要往马桶里按过他，并且神秘而又兴奋地说："他现在每天在厕所里刷两次马桶，清晨一次，晚上睡觉前一次……"

　　张老师抬头狠狠地瞪了他一眼，看王刚的兴奋畅快神情慢慢消失了，才说："回去好好学习！"就又低眉看自己的刻盘了。

大 鞭 子

天亮了，为东家扛了一辈子长工的丕田背起昨晚就已包好的行李准备回家，他最后看了一眼自己生活了多年的这个院落，然后慢慢走到墙根，从墙上轻轻地拿下挂在那里的大鞭子，挂在了自己的脖颈上，甩开步子走出了东家的大门。

临出门的那一瞬间，他似乎听到后院牛圈里的黄趴牯正在喘着粗气，四蹄一下下跺着地面，挣着拴它的缰绳，丕田嘴角轻轻撇了撇，拉拉大鞭子那光滑的木把儿，稳步向前走去。

昨晚东家隆重为他送行，摆了满满一桌子酒菜，除了结好的工钱，另外赠送了一大包盘缠，酒酣耳热之际，东家问他还有什么要求，他就提出了想要大鞭子，东家大度地摆摆手："没问题，你带走就是。"

这根大鞭子已经跟了他五年了，他已经使得很是顺手。

当年黄趴牯刚进东家门时甚是桀骜不驯，他就专门制作了这根鞭子来对付它。他到集上买来一根厚厚的牛皮条，选取了一段牛腿上的筋条系在鞭梢部位，鞭杆是一根鸡蛋粗细的蜡条。制成后比一般的鞭子粗长，就习惯地叫成了大鞭子。当时他挂着这根大鞭子拉着黄趴牯去耕地时，黄趴牯仍然不是很听话，东挣西歪的。他就从脖子里拿下大鞭子狠狠地抽了过去，脊背上出现了一道鲜红的血印子，鞭梢打到牛腿上，那腿上的皮肉翻了起来。黄趴牯浑身一阵抽搐，回头看了他一眼，才温顺地干起活来。第二次对黄趴牯使用大鞭子是大半年之后，它在拉犁时又犯了偏，向一边斜歪了一下。这次丕田把大鞭子的鞭梢抽向了它的右耳朵后边，除了打出一道鞭印，耳边也被抽成了一块缺口。黄趴牯低头向后瞪了一眼，老老实实干起活来。

此后，丕田再也没有使用过这根大鞭子。耕作过程中，他只要叫一声"牯儿"，黄趴牯就会照着他的吩咐听话地干活，再也没有反抗过。黄趴牯乖巧地在干活，他的大鞭子成了摆设。五年过去，鞭杆显得光滑了点，大鞭子陈旧了一些。

黄趴牯尽管听话了，但他也能偶尔看到牛眼中射出来的炯炯目光。他知道那是它桀骜本性的自然显露，他的右手就会攥住大鞭子的鞭杆什么也不说地看着黄趴牯，黄趴牯那眼神会迅速黯淡下去，本本分分地干起活来。

　　和黄趴牯相处了五年，四年多的时间里一次鞭子也不用，让他感到一种很大成就感，这是几十年中他遇到的第一头这么听话的牛。所以在喂养的过程中，他经常偏爱它一下，多抓几把豆粕，多添几勺玉米糁子都是顺手就做的。每当这时，黄趴牯会抬头看他一眼，眼中好似有一丝感激。但丕田感到里面绝对不是其他牛对人们的那种温热眼光，而是还隐忍着一股冷森森的东西。他轻轻拍几下牛的脖子，心里涌起一股复杂的滋味来。

　　太阳逐渐明亮起来，有些刺眼了。丕田向四下的田野看了一圈，临近年关的山野里，除种植小麦的田块里有些陈灰色的绿颜色外，其他地块里均是枯黄庄稼的根茬。寒风刮过，发出一种瑟瑟的抖动声。年后这些地块就要开始耕动了，到那时生机才会回来的。

　　丕田又习惯地攥了攥大鞭子的鞭杆。

　　"嗒嗒嗒……"一阵急促的蹄声，粗重的喘气声也越来越近。

　　丕田稳步走着的脚步并没有一丝一毫的改变，又向前走了几步，他才慢慢转过身来。

　　黄趴牯随即停下了急急的脚步。丕田看到，它的脖子里还挂着缰绳的圈套，圈套下边耷拉着一段绳头，被挣断的茬口非常新鲜，还散发着一股新茬的浓郁味道。黄趴牯的大眼睛亮亮地瞪视着他，平时的那种温顺神情一扫而光，被压制了多年的野性暴露出来，充满着挑战和复仇的神色，它的头慢慢向左后方拧去，粗大锋利的牛角直指着丕田所在的方向，口中的气息也越喘越粗，身上的肌肉在慢慢收缩，四蹄使劲地上抓着，随时要开始进攻的样子。

　　丕田轻声唤了一声："牯儿。"

　　黄趴牯迟疑了一下，还是慢慢抬起了头，看向丕田。

　　丕田的左腿略略向后退了半步，右手抓住蜡条鞭杆向下拉了一点，挂在身前的粗厚皮条和牛筋鞭梢向上滑动了一下。黄趴牯清清楚楚地看到后猛地愣住了，目光也开始散淡起来，接着头部开始往下低，身上的肌肉渐渐地变回到了平滑状态。

　　丕田的右手离开鞭杆，向黄趴牯身后指了指，轻轻说道："牯儿，回去吧。"

　　黄趴牯转过头去，慢吞吞地向来路走去。

　　丕田拿下大鞭子，轻轻顺溜了一下，又重新挂回了自己的脖颈上。

逃奔的牛

　　抬起头来，把目光再次投向栅栏外的田野，心好似哆嗦了一下，大黄对脚下的土地用力刨了一下，身子往下微微一缩，头又抬高了一些，最后目光慢慢黯淡下来，很是无奈地喷出一声响鼻，侧着身子躺在了地上。

　　和它同在这一栅栏中的伙伴们共有二十多个，整天就是在白白吃着人们给拌好的饲料，什么事情也不用做。刚开始大黄它们很高兴，看到自己的身架迅速长大也是沾沾自喜。但逐渐明白了，吃的食物中都是添加了各种有助于生长的药物的。最近大黄又听到两个饲养员说临卖它们了，作为菜牛得加大激素的投放量，让它们更加富态起来，才能卖个高价钱。大黄想，怪不得最近吃的食物怪味更大起来了呢。

　　看来自己没有几天的活头了，躺在地上的大黄不由地伤感起来。从出生到现在不到一年的时间，这一辈子就要这么过去，实在活得有些窝囊。作为一头优质黄牛，它没有优哉游哉在山坡上吃到过一口大自然中的天然青草，没有儿童坐在自己的背上吹过横笛，没有被人套在犁耙上在田野里耕耙过一次地，没有拉过一次车。一点做牛的乐趣还没有体会到，就要被人宰杀了，就要成为人们的食物了。

　　从什么时候我们成为菜牛了？我们怎么就成了菜牛了呢？大黄的眼睛湿润起来，泪珠慢慢滚落下来，随着地上一点点的湿润，土地的腥香味直往它的鼻孔里钻。

　　不行，自己绝对不能就这样等死，得想办法突破栅栏的阻隔回到大自然中去，回到祖祖辈辈那种作为牛的生存状态中去。它再次扫了高高的栅栏一眼，想跳出去是不可能的。把眼光转向栅栏大门，一把大锁锁得结结实实，只有饲养员进来时才会打开，只能到时候相机行事了。大黄慢慢安静下来，起身到食槽跟前咀嚼了一阵添加了大量激素的草料。

还别说，只要加以注意，机会还是有的。这天饲养员进来后，栅栏门就没有被及时锁好，门敞开着三分之一的缝隙。大黄悄悄看一眼饲养员，只见他正背对着自己在食槽前忙着添加草料。大黄知道机不可失，马上用轻快地脚步向门口走去，用头慢慢把栅栏门拱开，身子一缩走出关了自己这么长时间的栅栏，撒开四蹄奔跑起来。

奔跑的过程中，它听到身后有动静。扭头一看，栅栏门外已经出来了五六头自己的同伴，饲养员在手忙脚乱地往回圈它们。看来暂时还没有发现它，也顾不上它。大黄松了一口气，脚步慢了一慢，用嘴很快地薅了一口路边的青草，仔细咀嚼起来。浓郁的清香快速弥漫开来，从口腔散射向全身。平生头一次吃到这种美味，它就顾不了很多了，在前行的过程中一次次把嘴伸向青莹莹的草丛。路上偶尔遇到一两个人，看到他们用惊奇的眼光看向自己，大黄就抬腿更快地跑起来。

毕竟正是夏收夏种季节，天气很燥热。经过这一阵跑动大黄的身上湿漉漉的了，但跑动过程中产生的凉风让它感到甚是舒服。大黄经过一块正在耕作的田地，它看不到自己的同类劳作的身影，只见一个移动的金属物件身后板结的土地被翻动起来，泥土的清香扑鼻而来。大黄耸耸鼻子，深深吸了一口，感到还不解决问题，就把鼻子伸向了新鲜的泥土中使劲嗅着，然后抬起头来，痴痴地看着那向前快速移动的金属物件，那上面的小窗口反射着阳光，直晃大黄的眼。

驾驭这个金属物件的人转回头来走到大黄身边的时候"咦"了一声，停下来："这是谁家，不小心……"看大黄眼睛痴痴地看着自己的拖拉机，咧嘴笑了，拍拍机身，"有了它，你们可享福了啊。"

大黄警觉地看着他，慢慢向回抽身，然后快速向远处跑去。

它来到村前的小河边上，河水哗哗向前流淌着，清凌凌的。沙滩上沙粒洁净，在太阳的照晒下，有些温热。大黄让自己的蹄脚向沙中钻去，那种凉津津的感觉上升起来，感到浑身舒爽。它的腿一软，就想躺下去。可它突然感到有个身影在不远处闪了一下，于是机灵一下就站直了。果然，饲养员那熟悉的身影正向这里奔来。大黄此时头脑特别清醒，它快步走到水边，低下头喝起水来，让甜甜的河水进入胃中。

大黄看到饲养员越来越近了，就又抬腿奔跑起来。这时饲养员也加快了脚步，并且大声吆喝起来。随着他的喊声，大黄听到四下里均有呼应声响起来。它一看，多个人影正向自己合拢过来……

被折断尾巴的牛

从电影上看到讽刺"马尾巴的功能"的电影后的第二天，会良在耕地时就不用牛鞭子指挥领墒牛黑犍了，而是换为左手扶着犁把儿，右半边身体向左前方倾斜着，伸出右手抓住牛的尾巴用力折一下，同时嘴里吆喝一声："回——"牛疼得浑身一哆嗦，立即听话地掉转过头来，用力拉着犁往回耕去，会良就有了一种很自得的感觉，脸上露出很满足的笑容来。

在生产队里干活，本来都干得没有多少劲头，辛辛苦苦干一天，一个整劳力的分值不到五分钱，一年下来分的粮食总是缺几个月的，过着吃不饱的日子，哪里还有多少劳动的积极性呢。

但会良自从找到了折牛尾巴的兴趣后，再套牛耕地时竟然浑身充满了力气，肚子里咕咕叫着，也不觉得饿了。

有人看到他经常去拉牛尾巴，就笑他："会田，你掀着黑犍的尾巴，看它的腚眼子啊?"

他摆摆手，做出不屑一顾的样子，随即自豪地说道："这是我的发明，我发现了牛尾巴的功能，就是可以代替鞭子指挥它耕地，不听话我就使劲折，它就听话了。"

人们看到他用折牛尾巴的办法指挥得黑犍服服帖帖的，就给它起了一个绰号"牛尾巴的功能"，不久就在村子里叫开了。被起上了绰号，会田不生气，反而感到很自豪。

黑犍是一个很听话的牛，过去用鞭子时，会田一年中也不用抽它几次。可是，自从看过那场电影以后，丕田在它很听话的时候，也会去折它的尾巴。耕到某个地方需要停下来了，过去丕田会拉长声调："黑——好——好——"，牛若是不停，他会举起鞭子来，往往等不得抽下去，牛就停住了，他的鞭子也就收回了。牛也不容易，牛也是需要爱护的。

可是现在不同了，他把犁放好，牛也站好位置了，他在喊"驾——"让牛起步以前，先是折一下黑犍的尾巴，然后才喊这声"驾——"。这时黑犍会疼得一哆嗦，脖子也会拧几下，眼睛里满是委屈地向后看一眼，才起步拉动耕犁。

　　慢慢地，黑犍的眼睛由委屈变为倔强，可是会田一点也没有觉察，总是陶醉在牛尾巴的这一功能里。

　　这天，会田耕的地块已经干得很厉害了，犁翻起来的大多是一块块大小不一的坷垃。耕了不大一会儿，黑犍身上就湿漉漉的了，鼻中喷出的气息也越来越粗，牛蹄落地的节奏明显变慢。会田竟然没有关注到牛的疲惫状态，又用折尾巴的办法指挥黑犍抓紧走："黑！走——走——"黑犍头一低，浑身肌肉耸了起来，往前使劲拉起来。毕竟是太累了，走了没有几步，它拉犁的速度又变得慢了下来。会田一看黑犍竟然如此不听话，心中的火苗子一下子蹿上来，又用力把黑犍的尾巴折了一下，牛这次哆嗦得更厉害了，浑身一甩动，汗水洒向了四方，会田的脸上也落上了一些。会田用手抹了一下，更加生气地瞪着黑犍，自己也喘起粗气来了。可是，犁只被拉动了几步远，就彻底停下来了。会田的火气更大了，他猛地再次抓起了牛的尾巴，黑犍使劲让尾巴往下垂着，但还是被会田拉了过来，他重新调整一下自己，左手扶准犁把儿，右手用力折着黑犍的尾巴，那牛浑身一紧，又向前走去。也就在同时，只听"咔嚓"一声，黑犍的尾巴断了。黑犍往前猛地一跳，随驾的另一头牛也被它带动了一个趔趄，几乎摔倒。同时，黑犍发出了一声沉痛的"哞——"。头猛然拧回来，眼睛透出一片湿意，愤怒地瞪着会田。

　　由于尾巴没法继续折了，会田开始重新拿起了牛鞭子。只要黑犍不听话，会田会使劲抽下去。会田抽它后它就会拧脖咧嘴喷粗气，眼睛总是恶狠狠地瞪着。会田看它脾气变得焦躁不已，心中有些害怕，就更加下力地打下去。这时，它会慢慢变得听话一会儿。但那种仇视的目光，会变得更加明亮起来。

　　那次是耕河滩地，很轻松。不用两头牛拉犁，会田就只把黑犍套上了。由于离水近的缘故，不一会儿牛身上就落满了牛虻、蚊子和小咬等多种吸血小动物，黑犍的尾部不停地抽搐着，但尾巴就是甩不到位，它不住地乱拧身子，犁耕过的地方七歪八扭的，很不像样子。会田多次鞭打后，仍没有改变，这时他又把手伸向了牛尾巴的根部，抓住上次折断部位的上方，想用折尾巴的方法让牛听话起来。可是，他眼前一黑，先是手抓的尾巴挣脱了，接着就是带着犁跳起的黑犍飞快地跑向河滩上的一棵粗大杨树，一头撞向了笔直的树干，身后带着的犁因为惯性也撞向牛的后臀部，牛尾巴被齐根切了下来。

　　会田的眼中一片血光闪过之后，也倒在了黑犍刚刚犁过的土地上……

军号声声

"军号一响,那士气就鼓起来了,战士们就往前猛冲,在一声声冲锋号的鼓动下,不久就冲上了阵地,消灭了敌人,我军胜利了。"我刚到村口,就被这个满面红光的老人这充满激情的话语吸引过去了,他有八十多岁的样子,站立都不稳,可话语却还是洪亮的。

看到我们围着他,他把手中的铜号高高举起,语调突然沉下去,带些哭腔了:"我的战友却牺牲了。"

周围只有几个也上了年纪的老人,都很麻木的样子,任他自言自语着,谁也没有接这个话茬的,他好似早已习惯了。

多年前他就是这个样子的,那时他也就是五十岁左右,在村子里参加生产队里的劳动时就总是背着这把铜号,据说是他从朝鲜战场上带回来的,整天宝贝似的谁也不许动,瘸着一条腿干活,铜号不时地就坠到了身前,干起活来碍事拌拉脚的,但他怎么也不舍得摘下来放到一边去。

我们全家搬走这么多年后,我突然生出回来看看的念头,没想到在村口遇到的第一个人竟然是他,他对那把铜号还是那么有感情。

小时候,我对这把铜号是很羡慕的。不能亲手摸一摸,仔细看一看,总感到很遗憾。我会握起拳头来,让手心虚空着,嘴对着手上虎口的部位,发出从电影上学来的军号声。

他的这把铜号,其实是有破损的,喇叭口处残缺一块,从这个地方向里还有一道裂纹。他每天都悉心保护着,用一块白纱布小心地仔细擦拭着,特别是到破损处时,会格外慢,格外轻。那个时候,我们只有眼巴巴地站在他家门外,流着口水,不错眼珠地看着他的任何一个动作。

擦完后,他就把铜号横过来,在眼前轻轻转动着,转完一圈,看擦得行了,就抬起头来,郑重地用右手握起来,举到眼前,眯起左眼,右眼对着铜号嘴儿认真看去，然后挪到左眼前，右眼眯起来，用左眼看着，然后才慢慢放到自己的嘴唇前，我们认为他就要吹响这把铜号了，可他总是让铜号和嘴唇似接触又不接触的，最终也没有吹响。

我们都很失望，几乎是异口同声地发出一声失望的长叹："唉——"

这时，他才会转过头来，看我们一眼："怎么，想看看？"

我们几个小伙伴好似鸡啄米一样连连点头："嗯嗯。"

我们凑上前去，他把铜号在我们眼前晃了晃，然后陷入沉思，轻轻地说："我的战友正吹着冲锋号，敌人的炮弹就打过来，"停一停，喉结滚动了几下，又接着说，"他就牺牲了，铜号也被炸成了这个样子。"他轻轻地抚试着，眼中有些光亮闪动着。

"吹吹我们听听吧？"我们祈求着，真心盼望他能吹响这把铜号。

他神情怔怔的。我们等了半天，只见他慢慢摇摇头："战友牺牲后，这把号就再也没有被吹响过，但其实它是整天响着的，"说到这里，他会把铜号的喇叭口放在右耳朵边，认真倾听。不一会儿，就开始左脚一点一点，好似在配合着那节奏一样，很像铜号真的响了似的。过了半天，他把那已经破损的喇叭口伸向我们，"你们听，声音真响亮。"

我第一个凑上前去，歪着头，让自己的耳孔尽量对准铜号，仔细地听着，可除了风声偶尔吹入号管发出一丝嗡嗡声外，什么也听不到。

同伴中的其他人，依次走过去，都说没有什么动静。

他生气地把手一挥："去去去，不中用的小毛孩子！"

但我们发现，其他大人对他的说法也都不认同。

我回家问父亲，父亲说："他能听到，你们听不到，这是很正常的。"

"我耳朵很好使啊，为什么他听到的我们听不到？我们的耳朵出毛病了？"我着急地问着。

父亲笑笑，不再搭理我。

但也有人说他脑子在战场上被震伤了，留下了毛病。

想不到，三十多年过去了，他对铜号依旧这么痴情。我走上前去，看到破损之处的断茬显得更黑了，有些地方析出细密的小米粒大小的绿色斑点，裂缝的颜色也显得更深了，其余的地方一如既往地锃亮放光。看来这些年他一直没有停止过认真的擦拭。

他见我这么认真地看着，浑浊的眼中似有火苗跳动了一下，又开口接着往下说道："我的战友牺牲后，我将这把军号从战场上带下来了。"

"我知道，只要对着耳朵听，就能听到军号声声，连续不断，很响亮的。"我庄重的神情，引起了周围几位老人的注意。

他也神情一振，脸上有了笑意："你知道?"

我严肃地点点头："是的。我想再听一次，不知行吧?"

他小心翼翼地把手伸过来，让铜号的喇叭口对着我，我赶紧歪歪头，凑过耳朵，认真地听着，一阵"嘀嘀嗒嗒"的军号声响亮地悠扬起来，我不自觉地随着节拍以脚点地。

另外几个老人围上前来，惊奇地问道："真听到了?"

我认真庄重地告诉他们："是的，我听到了。只要用心听，谁都能听到啊。"

"我的战友牺牲了。"老人的眼中流溢出明亮的光芒，"但在军号声中，我们的人冲上去了。"

补鞋匠苏小青

苏小青的补鞋摊上有一个微型录音机，她放的音量不大不小，来找她补鞋的人坐在摊子前的小马扎上正好能听得清楚："日落黄昏风凄凄，我肚内无食身上少衣。出了庙门往前走，想起了穷日子眼泪滴……"

听着王汉喜这凄楚的唱腔，来补鞋的人会疑惑地抬起头来看看她，只见苏小青脸色平静，一副心满意足的神态，并没有丝毫潦倒相。她头上黑色中掺杂着少许变白的发丝，嘴唇涂着一层淡淡的口红，脸上干干净净，穿着也干干净净，绝对没有常见的补鞋摊主那副尘灰傍土样。只有垫在腿上放鞋的那块帆布上，时常落上粘在鞋底的土屑，但每修好一只鞋，她会及时地轻轻抖落掉，然后才拿起另一只鞋子来补。

她以前是县吕剧团的台柱子，后来因不景气剧团解散了，经过一段时间的沉默后，她就购置了一些简易设备，羞羞答答地到街头补鞋了。二十年过去，她成了县城里手艺过硬的补鞋人。现在已很少有人知道她的身世了，只是时常响起的吕剧声透出些微信息。

"……到后来才知你挪到外村住，赌志气搬得远远的。"张爱姐唱到这里，一双鞋子也修理好了，苏小青拿起一块抹布仔细地擦擦，鞋面上一点尘土也没有时，才用手捏着递过来："穿穿试试。"

鞋主赶紧接过来，程式化地一看，因为放心，并不真的看她补得怎么样，就蹬到脚上去了，然后从兜里掏出钱来递过去。

这时，苏小青并不抬手去接，而是从摊子上的一个提包侧面的兜里拿出一把银亮的镊子来，向前伸过来，用镊子口夹住钱币，放入盛钱的提包口里，再用镊子拨拉一下，把应回找的钱从包里用镊子取出来，夹到客人的手中。

"不用这么板正啊，"有的顾客觉得她不必多此一举，就劝她，"俺的手不是也拿鞋了嘛。"

苏小青浅浅一笑，并不接这个话茬，但对下一位来补鞋的人她照样如此重复收钱找钱程序。

女儿有时过来，看母亲这么讲究，顾客一走远了就说她："何必呢？"

苏小青会瞪她一眼："我的手一天拿很多双鞋，给人家找钱能不讲卫生？得对来补鞋的人有点尊重吧？"

女儿看母亲这么认真的样子，会把舌头一伸，做个鬼脸，赶紧和母亲嘻嘻哈哈别的事去了。

《王汉喜借亲》放完，苏小青起身，"咔吧"一声又换上另一盒磁带，在微型录音机"哧哧啦啦"响着的时候，女儿起身走了。

"马大宝喝醉了酒忙把家还，只觉得天也转来那个地也转，为什么那太阳落在东山下？月出正西明了天？明了天！……"

《借亲》正唱着，果真来了醉酒者。

"补——鞋。"一个骑摩托车的小伙子歪歪拽拽地走过来，在摊前的小马扎上一坐，满嘴酒气喷过来。苏小青一看，崭新的鞋子上裂开了一道大口子。小伙子坐在那里，把脚直直地伸着，鞋没有脱下来。

苏小青拿起腿上铺的那块帆布轻轻抖动一下，本来也没有灰尘的垫布更干净了，然后坐下来，仔细地在腿上铺展好，做好了为小伙子补鞋的准备。看小伙子的腿仍直直地伸在那里，苏小青的右手就随着录音机里的唱腔在膝盖上一下一下拍起来。

"脱鞋。"小伙子又往前伸伸脚，见没动静，慢慢抬起头来，看苏小青。

苏小青神情淡定，笑中带威，威中含笑，慢慢伸出手来，等着小伙子把鞋子递过来。

小伙子翻翻眼皮，瞪视了一阵子，眼光暗淡下去，低下头，慢慢从脚上把自己的鞋子脱下来，恭敬地递到苏小青的手上。

苏小青先把鞋子认真擦拭一遍，然后用双手将撕裂的茬口仔细地对接着，看看对准了，拿出一盒胶水来，挤出一小坨，在茬口的两面抹均匀，放下晾着。然后把缝纫机整理一下，先顺溜一下上面纫入缝纫机针头丝线，再看看底线，等到鞋子接口处的胶水已经干了，就赶紧对接起来，压紧，然后在缝纫机上缝出一行细密匀称的针脚，等用剪子清理好多余的线头线尾后，苏小青露出了满意的神情，鞋面上除了多出一行针脚外，并没有丝毫接茬的痕迹。

"好了。"她又拿起抹布，把鞋子细心擦了一遍，给小伙子递过来。

"补得掌好了，哪用费这么多的事儿啊，回去我就扔了。"小伙子看后说，由于醉酒的缘故，他把"这样"合说成了"掌"的音。

苏小青淡淡一笑："补好每一双鞋是我的事儿，至于补后怎么处理，那是你的事儿，请便。"

尽管表面上这么说，苏小青心里还是一颤，她知道小伙子说的不假，回到家，小伙子就不会再穿这双鞋了。

小伙子可能还为刚开始的不礼貌有些后悔，在苏小青用镊子找他钱的时候，连连摆手，真诚地说："不用找了不用找了。"

苏小青好似没听到一样，镊子直直地举在他的眼前，小伙子抬起眼皮与苏小青对视了半天，眼光慢慢弯下去，伸出手接了过去。

苏小青笑笑："骑车小心点，注意别磨了鞋子。"

小伙子郑重地点点头，起身离去了。

极富苍凉之感的《小姑贤》又在鞋摊上响起来："千年的大道走成河，多年的媳妇熬成婆。为人生来别当家，如若当家乱如麻……"

 # 老 何

先是掌声、叫好声，接着就逐渐平息下来，人们的脖子开始转向，你对着我的脸，我对着你的耳朵喊喊喳喳起来，议论着，评价着。

过了一会儿，站在场地中央的老何先慢慢直一下腰，接着猛然高起来一块儿，头顶上那黑白参半的头发在晕黄的灯光下颜色好像互相浸润开来，界限就不是那么分明了，他右手攥着空矿泉水瓶子的脖子，向左手手心里"嘭嘭嘭"地砸了三下，全场就一下子安静下来。一个近五十岁的妇女走上来，大方地亮一下相："俺唱一曲……"老何抬起手中的矿泉水瓶，转向伴奏人员，腰向下弯一下，轻击一下掌心，再弯一下，又轻击一下掌心，然后猛地击下第三下，音乐响起来的同时，他的头从最低处一下子直了起来，轻轻地在空中挥着矿泉水瓶子打着拍子，待过门儿结束，他会及时地小声唱出开头来，表演者的声音响起来，他就住了嘴，专心地打起拍子来……

老何在县文工团工作，吹拉弹唱都能拿得起来。文工团解散后，他被分流到企业，成了企业的文艺骨干。几年后企业陷入困境，他的工资很难保证。但处境再难，他也没有放弃摆弄乐器，哼哼歌曲。退休后，他就约伙着原来在文工团工作的老伙计们，每天晚饭后自带乐器，来到这个小广场上乐哈一番。结果每天晚上都会聚集很多人，男女老少随便走进场子，表演一番。有时碰到他们不会伴奏的，老何也会站在表演者附近，用那塑料瓶子在掌心里敲着节奏，其他伴奏人员会静静地听着，然后与老何一起为表演者鼓掌叫好，观众也被带动的群情激昂，气氛相当热烈。

人群边上站着一个有些面熟的官模官样的人，仔细辨认一下，是在电视上常露面的县里的一个干部。近段电视上没了影，听说是退下来了。过去从不打交道，所以也就没有谁搭理他。他往前凑凑，又犹豫着停住了。几天后，终于走进了场子，"咳咳，大家坐好了，"人们一愣，都安静下来，马上反应

过来了，小声地笑了，他也愣怔了一下，脸色有些不自然，快速自我掩饰过去，"我为大家演唱一首……"

老何抬起手中的矿泉水瓶，清脆的敲了三下，抬起胳膊把矿泉水瓶子转向伴奏人员，腰开始往下弯……

官人朝他摆摆手："不用了，不用了。你这一晃一晃的，晃得我眼晕。坐一边休息去！"

他这是觉得自己在这里碍手碍脚的啊，老何就真的走到一边去了。

"音乐，响起来！"官人手心向上，精神饱满地对着伴奏人员坐的位置，向上托了几托。闭紧嘴唇，调节酝酿着气息。可他等了半天，伴奏并没有响起来。

伴奏人员都愣怔着，眼光直直的，看着躲到一边去的老何。

老何知道，并不是他们故意和这位官人过不去，他们实在是不习惯没有他的指挥就伴奏，伴奏也不会整齐。老何拿着瓶子，大步走回来，腰弯一下，瓶子拍打手心一下。等他直起身来时，各种乐器齐刷刷地响起来。官人的脸色寒了寒，开口唱起来。不知是情绪受到了影响，还是音乐细胞就这么多，唱得很稀松平常。老何快速地在左手心里拍了三下，然后把左手掌心向下压在瓶底上，高举起来，伴奏声立即停顿下来。

"你干什么？"官人很不耐烦，瞪了老何一眼。

老何解释说："得投入，得全身心地投入。"老何对伴奏人员喊道，"伙计们，高起两拍。"等过门响起，老何看着他的嘴，矿泉水瓶子像指挥棒一样挥动着，过门一结束，立即小声起头领唱，待那人唱起来，老何就专心致志地打拍子了。

这次唱得好多了，所以歌声一落，掌声、叫好声都有了，官人的脸上也有了笑模样。

"再唱一首！"老何热情地邀请鼓励着他。

自从退下来，他一直放不下架子，总是不自觉地就摆出一副安排别人的架步来。跟人学养鸟、学下象棋，人家很快就躲着他了。这回是老何的不和他计较，让他融入了进来。听老何这话说得真诚，他使劲点点头，又唱下去。这次，他才真正进入了角色，人们的掌声、叫好声非常热烈……

唱完两首歌，他退到了一边。老何看到他站在那里，认真观看别人的演唱，也叫好，也鼓掌，一直到最后结束。

老何正收拾着，他又走上前来，指指老何的矿泉水瓶，有些吞吞吐吐地说："总感到，不如指挥棒，听说你在文工团待过，难道，找不到个？"

　　老何愣了愣，随即笑了，右手握住矿泉水瓶子的脖颈处，用瓶子的下部在左掌心里使劲拍了拍："还是这个顺手啊。"

　　他若有所思的样子，慢慢点点头。老何看到他走出很远了，还在一次次点着头。

　　第二天晚上，他早早就来了。

　　老何指挥得更有劲了……

村　官

　　升子在村委直选中当上了主任。他感到意外，又没当官的打算，就去乡里推辞："我不会当，也当不了，让别人当吧?"乡长生气地说："乱弹琴，这是依法选举，不让你当就是违法，谁敢!"接着就劝他："这是选民信任你，大胆地干。我表个态，乡里大力支持你。为官嘛，只要廉洁自律，大公无私，一心为群众办事，没有干不好的。你还这么年轻，好好干，前途无量。"

　　回到村里，人们也说他："我们看中的就是你，你不干怎么行?""你当上主任了，可不能像以前的那个主任，处理个事儿好和稀泥，一定要钉是钉卯是卯的哟。""俗话说，为官不替民做主，不如回家烤红薯嘛。"……

　　正说着，就有人跑来叫："主任主任，出人命了，你快去看看吧。"

　　看来人跑得上气不接下气，升子先镇静一下自己："别急，慢慢说。"

　　"大蛋和他兄弟二蛋打仗，大蛋胳膊断了，头也被铲了一铁锹，摔到高地堰子下去了。"

　　我的天，刚当上这点芝麻官，怎么就出了这么大的事儿。升子飞跑着去一看，大蛋的老婆在那捶胸顿足，鼻子一把，眼泪一把，疯哭着。二蛋并不在现场。升子无暇顾及别的，大声说："别哭，救人要紧，快上医院。"

　　和乡亲们手忙脚乱地把大蛋送到医院，升子才喘了一口顺当气。走出医院大门，晚风凉凉地吹着，月亮在东边天上无动于衷地挂着，升子感到肚子咕咕地叫，想找个地方吃点东西，一想，二蛋到现在还没朝面，火苗子就在他心里乱窜。打伤了人，一点悔过的表示都没有，你说气人不气人。

　　他急急地回到村里，直奔二蛋家去。门关着，黑漆漆的，抬手使劲拍，半天，没动静。仔细一看，门上挂着锁。

　　有人走过来："主任啊，二蛋住院去啦。"

"他住院，"升子头皮发炸，"他住什么院？"

"说是叫他哥打伤了。"

"伤了哪里？"

"走的时候看不出来，只是哼哼歪歪的。"

他只好又回到医院："大蛋，我本想叫二蛋拿医疗费来，可他也住院了。"

"他住院，我们吵起来后，我只骂过他，一指头都没戳他，他装什么装？"大蛋气得眼圈又红了。

升子劝他："这样吧，你先安心养伤，这事儿我一定给你处理好。"

走出一大段路了，他又转回来："为了以后好处理，你做个法医鉴定吧，看这架势，二蛋……"

大蛋恨恨地说："这回我是不让他，没一点亲弟兄们的味了，往后我全算没这个兄弟了。"

二蛋住了几天院，被医院撵回了家。

升子找到他："你哥伤得这么重，你也不去看看？也不拿点医疗费去？"

"我没这样的哥，他的死活和我无关！"二蛋指着升子的脸，"你是什么主任，处理个事不公道。我叫他打伤，住了院，你不管不问。可他，你送去住院，还整天跑他那去。"

"是你打伤了你哥，他已做了法医鉴定，你得包着一切费用，听候处理。"升子严正地说。

"我听着。"二蛋口一点也不松。

升子气哼哼地，摔门而去。

人们都说，这主任白搭，连这么个常见的事儿都处理不了，怕撑不起颈来。

大蛋一出院，就来找升子："主任，你可得给我做主，花了这么多钱不说，我住了这些日子的院，他连面也没照，一句好话也没说，我不能白被他打了。"

升子面露难色："我找过他好几趟，死食儿活食儿唤不下来。他不听村里处理，村委也只能做到这一步了。你不是做了法医鉴定了吗？你向法院起诉吧。我给你问了，只要你告，法院就受理。"

过了几天，大蛋真的起诉了，人们议论纷纷，两家的亲戚们都来劝说，最后，就又撤了诉，兄弟二人和了好。

法官来调查撤诉的事儿，把升子说了一顿："你一趟趟和大蛋去找，人家不想告，你多管什么闲事儿，拿法律当儿戏，开玩笑！"

二蛋也找上门来："主任你算什么杂碎，叫俺哥告我，俺弟兄们的事儿你插什么手！你这不是挑拨离间吗？"

升子气得说不出话来，直直地盯着大蛋看。大蛋低下头，小声嘀咕道："俺不撑撑架，怎么下得台阶来？还是弟兄们近啊，我不能让外人看了热闹。"接着又抱怨道："主任大兄弟，实在说，你不该让俺作鉴定，让俺起诉，多花这么些钱！"

升子扭头就走。

到乡里开会，他找乡长诉苦："乡长你说，我哪一点错了？"乡长笑笑，说："你没错。""那肯定是他们不对？"乡长又笑笑，说："他们也没错。"

乡长看他沮丧的样子，就亲热地拍拍他的肩膀，笑着说了句半截话："为官嘛……"

站长与书记

在汶口乡，林业站站长钱与乡党委书记孙关系特铁。逢年过节，钱站长总忘不了给孙书记送礼。就是平常，有点稀罕东西他也总是舍不得自己用，悄悄地拿到孙书记家。

开始的时候，孙书记对他很不客气，经常撅得他一头露水："钱站长，你搞什么名堂？拿走拿走！"

他笑眯眯的，不动身，也不吭声。

孙书记生气地说："你不带走，我让通讯员拿到办公室里曝你的光。那时，有你的好看。"

他还是笑眯眯地："这点东西，您那不是弄巴我？相处在一起工作，都不容易，那是咋？"

孙书记说："那我就悄悄地给送回去。"

钱站长坚决地说："您要是真不喜要，送回去的话，我就扔了它！"

孙书记想想，真那样的话，钱会认为看不起他，也不利于工作。我坚决不偏看他，不给他办一件不合政策的事，不久，他就不会再送了。

事实并不是这样。钱从来不求他办事，他也就没给钱办过一件事，但是钱仍不断地给他送礼。

后来，孙书记就总是笑他："你啊，真是。"

不知不觉间，两人的关系就逐渐铁了起来。

铁起来后，钱也是从来不求孙书记办事。这一点，也正是孙书记对他无恶感的原因。孙书记很清醒，经常检点自己，告诫自己，千万别在无意间不自觉地不该照顾的反照顾了他，该照顾的反而落下了他。几年来，孙书记自我感觉做得很好。

因为觉得关系密切了，孙书记就经常征求他的意见和看法，但他总是说："很好很好，很对很对。"

有时，一件事明明是孙书记做得不太好，孙书记自己立即就意识到了，心里很后悔，可问他时，他仍然说："就应这样。"

后来，孙书记就不再问他。

其实，钱这个人有很深的城府，他是在放长线钓大鱼，想进乡领导班子，只是对谁也没流露过。所以，有时尽管对孙书记的一些决策看不惯，心里有想法，也从来不去多嘴多舌。他认为，孙书记是一把手，得罪不得。人都是爱听好话的，我何苦说那些让人不舒服的。

几年过去了，钱还是当着林业站站长，根本没有被提拔的迹象。

他渐渐地就有点沉不住气了。照样努力工作，不流露出怨言。只是给孙书记送礼的事就渐渐地放下了，也不经常地到孙书记面前了。

孙书记也一下子轻松了起来。他深深感到，面对一个送礼之人，时常检点自己，告诫自己，也是一件很累人的事。

由于心里有气，感到没有进领导班子的希望了，钱站长尽管不流露怨言，可不自觉的就比以前说话多了。

"这样办不行，"这天，孙书记召集农林水系统的人员商量治理荒山的事，先说了一下自己的想法，钱站长就接过了话茬，"这座山，我化验过土质，不适合栽油面柿。要是不尊重客观规律，必定得不偿失。"

孙书记奇怪地看了他一眼，笑笑："钱站长，详细地说说嘛。"

他就侃侃而谈起来。后来，孙书记就听从了他的建议。

有时，走在路上，他就招呼孙书记："我对乡里的这个法子有意见。"

"什么意见，说来听听。"孙书记停下来，等着他。

他就把自己的看法全吐露出来。

听完，孙书记点点头："说得有些道理，值得考虑。"

逐渐的，孙书记也主动地招呼他："钱站长，最近乡里想办某某事，你有什么看法？"

觉得自己也没什么想进班子的念头了，他就放开了，想到哪里说到哪里，毫无顾虑。有很多时候，他的意见被采纳。

在最近的一次乡镇领导班子调整中，他颇感意外地当上了副乡长候选人，并在稍后的正式选举中当选。

当上副乡长的当天，下午吃饭时，他高兴地喝了几盅酒。

后来，就深深地陷到了沙发里，眉头紧皱，进入了思索状态。

讲　话

　　尹俊是 G 国一个小单位说了算的干部。他还想再上台阶，所以总是找机会苦练讲话这一基本功。

　　G 国是一个文明古国，长久地崇信以开会的方式部署工作。可以说，他们抓工作的主要方式就是开会。开会就得讲话，若不会讲话怎能开好会，开不好会怎能当好干部、干好工作呢？所以，在这种情况下，选拔任用干部的主要条件就是看你会不会讲话。只要想当干部或当了干部想得到进一步提拔的，主要心思就是刻苦锻炼在会上怎么耍嘴皮子。

　　尹俊所在的单位一共十几个人，从来难以得到重视，出去讲话的机会也就很少。所以他就只好在本单位挖掘潜力，经常召集手下这十多个人开会，以此训练自己的说话能力。

　　他正坐在老板桌前冥思苦想在自己决定下午开的这个会上讲什么的时候，手下一个经常向他打小报告的在几下轻声的敲门声后面小碎步地走了进来："领导，不好了，太可恶了，俺那办公室的痰盂里不知被谁尿上了一泡尿您得管管啊。"

　　"真的?"尹俊由萎靡一下子进入了亢奋状态，"我过去看看。"

　　他迈着有力的步子来到那间共有三个人的办公室，在门后的痰盂跟前蹲了下来，把痰盂晃荡了几下，鼻子伸在痰盂口上，使劲嗅了嗅，耸鼻闭眼回味了一番，然后抬起头说道："是的，是的。"

　　他迅速回到办公室，就闭目构思下午的讲话稿了。平时自己召集会时，往往因为无事可讲，只好啰嗦开没完没了，最后自己都感到索然无味。这次发生了这么一件事，可以好好讲一下，他当然感到兴奋了。

　　下午，尹俊跟在为他端着茶杯的办公室主任后边，红光满面地来到单位的会议室，在最中间的位置很有气派地坐下来，把所有人员扫视了一圈，脸色一沉："到齐了吗?"办公室主任赶紧点头哈腰："到齐了，到齐了。"

尹俊于是就开始讲话了："这个，咱们今天下午开个会。会议很重要，先学学文件，然后我再讲讲一些工作。大家要好好学，认真听。"

办公室主任开始念报纸，是一篇八股味十足的文字，大多数人被催入昏沉状态，不一会儿就有鼾声响起来。由于动静太大了，多数人被惊动，抬起了头。原来是尹俊脖子向下弯着，喉咙和鼻子有机结合发出的动静。人们假装什么事也没有的样子，又低眉敛目作出一副认真听的状态来。念完报纸，会议室里陷入沉寂，尹俊的鼾声显得更大了，办公室主任不经意似的轻轻碰了他一下。

尹俊咯噔一下，马上抬起了头："刚才咱们学习了一篇重要文章，大家听得很认真，会后再认真体会。下边，我再讲讲当前的一些工作。最近，在某个办公室的痰盂里发现了尿液，这是一个非常严重的事件。"

然后他就铺展开来，就办公室设置痰盂的意义归纳了"三个为了"，然后详细论述了痰盂在办公室的"五个作用"，进而谈到了痰盂中出现尿液的"八个严重后果"，强调了防止此类事件再次发生的"十二条措施"，号召全体工作人员为确保痰盂的专用性严格要求自己绝对不向痰盂中排泄尿液，最后随口决定设置奖金让大家互相举报，每提供一条线索奖励 G 币 1000 元。

第二天，反映情况的那人悄悄掂脚地又来到尹俊的办公室，不好意思地说："领导，我们又认真核查了几次，痰盂中的液体应该不是尿液，是昨天有客人来时剩余的茶叶水倒进去的，碰巧又坏了一个气体打火机被扔了进去，所以就有了一股骚味，这这这……"

尹俊听后更加振作起来："你叫办公室主任过来，马上下通知，今天上午咱们就开个会，我要讲讲痰盂中没有出现尿液的重大意义，这说明我们是一个有素质的团队，更说明大家对痰盂设置的意义、用途认识到位，平常工作中能严格要求自己，排解小便能自觉到厕所而不是在办公室，需要大力发扬这种精神。"

就这样，尹俊的口才经过有意识的锻炼，越来越好。什么事情他都能讲得滔滔不绝，头头是道。可是也有人气不过，说他拿着无聊当有趣，信口开河，胡说八道。到了考核干部的时候，此事就反映到了 G 国管理尹俊这级干部的部门，整个部门兴奋不已，奔走相告，这么有能力的干部绝对不能让他吃亏，需要马上提拔。不久，尹俊被破格提拔，连升两级。

有些单位请他去作青年干部成长之路的报告，尹俊总是平静地这样开头："我报告的题目是：从一泡子虚乌有的尿液中锻炼口才、增长才干。"

序 言

刘枪是 G 国基层一个很不被重视的编写资料的小部门的头儿，他本来也读过一些书，后来当了这么点小官后，就爱标榜自己与读书人的不同了，喜欢居高临下地把爱读书学习的人称作"你们文人"，以显得自己作为"官人"比"文人"身份高。

也怨不得刘枪如此，因为 G 国是一个与世界潮流背道而驰的国家，官员以不学习为荣，谁要是喜欢读书，管理干部提拔的部门就会将其列入黑名单，此人再也不会得到重用。官场上喜欢践踏民主，鼓励不学无术、弄虚作假。你看刘枪自己不读书，结果就被提拔为编书的单位的头儿了。但 G 国又奉行实用主义，需要时会附庸风雅，偶尔也会用文化来装点一下门面。

这天，刘枪灵机一动，打谱编写一本自己辖区范围内的《厕所志》，要为每一个厕所拍出清晰的彩色照片，详细考证厕所的建筑时间，标明所处位置，建筑面积，蹲位几何等等。于是，他马上和自己单位仅有的三个工作人员说道："这本书要我们辖区的最高领导人写序言，但领导忙没有时间写，你们谁考虑一下写这篇让领导署名的序言啊。"三人在刘枪的影响下，从来不翻书不看报，那里写得了这个。一听此事，都赶紧摆手："辖区最高领导人的序言我们可写不了，必须请高明的人来写。这可不是个小事情，弄不好会影响咱们单位在最高辖区领导人那里的形象。"

刘枪一想，有道理，就决定请辖区内一支笔艾民来写。艾民有些本事，在官场上混了多年，就因好动动笔，被打入另册，于是就采取不合作的态度了，经常写些自己喜欢的文章发表发表，排解一下心中的愤懑而已。刘枪多次让艾民去他那里一趟，艾民总是推三阻四的，后来实在拖不过去了，才带了一个自己的粉丝来到了刘枪的办公室。刘枪把打算一说，艾民赶紧推辞："不知道辖区最高领导人的思路和意图，无从下笔啊。"刘枪赶紧摆手，从一边摸出两本厚书来，"我忙啊，也没捞着空看看，你们文人做这个事情还不是容易的，就别推辞了，把这两本的序言想想办法组合组合不就行了。"回去后，艾民实在不想在这类官样文字上浪费精力，于是就把这个事情交给了自己那个粉丝。粉丝倒很认真，几天后就写了出来。艾民看了一看，还能说得过去，就发给刘枪却了这个事情。

刘枪很满意，打印出来就去找辖区最高领导人，结果去了十多趟腿都跑细了一圈后才见上，说了不到三分钟，领导人就下逐客令了："好了，就到这里吧，我还有其他事情。你把好关，不要出问题就行了。"

半年后，这本《厕所志》正式出版，刘枪小步跑着逐个去给领导人送书，多次经过艾民门口他竟没想着顺便给捎过来一本。然后，刘枪又忙着到周围辖区送书，互相交流。不久，就出问题了，网上出现了"官员抄袭成风，请看三本《厕所志》序言的相同之处"的帖子，矛头直指刘枪最后出版的这本书，网民对辖区领导人骂声一片，引起强烈反响。刘枪吓得几次尿湿了裤子，去结结巴巴地问艾民怎么回事。艾民赶紧把那个粉丝叫来，那粉丝说是按刘主任说的用那两本书的序言拼凑起来的。艾民拿起原来那两本书来一对照，果真很多地方是直接抄过来的，就不好意思地对刘枪说："疏忽了，疏忽了。"

"这可怎么好，这可怎么好……"刘枪念叨着，一阵骚气在室内弥漫开来，艾民和粉看见刘枪的裤腿上又哩哩啦啦地往下淌尿水了，刘枪的哭腔更加明显了，"这回，我可被你们这些文人害苦了。"

从此，刘枪陷入了极度担心之中，整天惴惴不安地生活着。其实，辖区内的最高领导人毕竟技高一筹，不几天就把所有负面帖子全部删除了，并且在网络上大力加强了对本辖区的正面宣传力度。通了这么大的娄子，刘枪一直怕自己的"官人"身份难保。

几个月以后，全辖区干部大调整。刘枪非但没有丢掉官帽，反而被调整到了另一有权有钱的大单位当了一把手。据说他被重用的原因是组织部门在序言事件中发现，刘枪对自己找来作参考的周边地区出版的书的序言竟能不翻阅一下，刘枪才是真正不读书的人！这样的干部得到重用，才是符合 G 国国情和辖区社情的，体现了正确的用人导向。如果用人方向出现偏差，会贻害无穷的。

刘枪履新前，在酒桌上和自己单位的三位部下掏心掏肺地说："我们一定要领会好整个大政方针，把握好自己的人生方向，别像酸假文人艾民那样误入歧途……"

调　研

　　G 国是个小国，人数又不多。国王很有办法，他在统治中最拿手的就是分权。他说的分权，并不是真把自己手中的权力分给别人，而是没有别的办法干下去的事情到来时就开始分开来干，结果新鲜一阵，也就干下去了。其实这个小国是很专制很独裁的，很难融入周边的世界，很多时候就是自我欣赏，自我吹嘘一番罢了。

　　这天，他又到下面搞调研了。

　　警察开道，所有路口也都站上了警察。他临下去时，官腔官调地说道："呃——不要搞得呼呼隆隆，呃——要轻车简从。"所以警车在他的车前保持着一段距离刺耳地鸣着警笛，每个路口站立的仨俩警察全部着便装，散乱地随意站着。国王看不出来他们是警察，感到自己的命令被执行得很是坚决彻底，就高兴起来。在车上和陪同的人员谈笑风生，很是和谐。他感慨地说："搞统治，要想长久，各级官员就要严格要求自己，出去办事情、开展工作，都要厉行节约，都要轻车简从。"所有人员都点头称是，并高度赞扬国王是万古难得的爱民之主、英明之主。国王也颇为得意，更加谈笑风生起来。

　　"停车。"但国王就是国王，声音不大，威严却全部透露出来了。全体陪同人员吓得都哆嗦了一下，赶紧吩咐司机："停车停车。"车停下来以后，人们才知道，国王这是要上厕所了。

　　路边就是乡村，村头上有一个公用厕所。国王下车后直奔那厕所而去，人们都赶紧跟上去，心中忐忑不安。这个地方所属的上两层官员更是吓得两股战战，心中快速祈祷着，千万别出什么事儿啊，千万别出什么事儿啊。国王的勤务人员飞毛腿一般赶在国王前头进去了，然后快速出来立在了门口。其他人员全部在厕所门口肃立着，没有一个官员敢进去参观国王的排泄场景，也不知国王在里面是大便还是小便。但人们感到时间过得特别慢，度日如年似的。

好在国王不一会儿就出来了，所有人员均长长地出了一口气，随即把眼光小心地看向国王的脸，想赶紧知道国王是否满意，更想聆听国王关于排泄大小便的感慨、指示，以便贯彻落实。可是国王脸上什么也看不出来，人们均大气不敢出地赔着小心。

豪华车继续前行，国王眯着眼睛假寐着。别人都不敢松懈，密切关注着车外的情况，生怕有什么闪失。过了半天，国王终于开口了："建设一处基础设施仅仅是打好了一个基础，长久地坚持不懈地管理好才更为重要，管好了才能不劳民伤财，才能造福百姓。比如，吃喝拉撒睡，就密切关系着老百姓的生活质量，所以厕所建设也很重要。村头上建有厕所，说明你们已经考虑得很全面了。但是，三分建七分管，管理显得更加重要。我刚才进去看了一下，管理上显得有些乱。这种非抽水马桶式的便池，管理难度很大。比如，出大粪的人员一旦不够认真，就会弄得淋淋漓漓，刚才这处厕所就存在这个问题。我看，"国王抬起头，看到所有人员都凝神静气地聆听着，认真地记录着，接着说下去，"有关部门要抓紧研究一下，开个全国解决非马桶式厕所中出大粪问题工作会议，专题研究解决出大粪中的淋淋漓漓的问题。"

全国的会议当天下午就紧急召开了。国家事务部主持会议，一个分管副国王到会，就认真贯彻落实国王指示讲了具体意见。全国立即行动起来，快速解决了这一问题，累计出动十余万人次，对厕所进行了一次认真大清除。

晚上听完汇报，国王表示满意。第二天在行车途中，国王再次进了一个城郊的公共厕所。出来后他又做了一个指示，要求解决全国小便池中存在的尿垢问题。国家事务部部长特地赶来，向国王作了深刻检讨和专题汇报，表示一定认真落实好国王的重要讲话，彻底做好这项工作。同时表示，事务部工作千头万绪，人员紧张，工作的到边到沿儿很难做到，而编制卡得太严，很难进人。国王指示，成立一个新的厕所部，和事务部平等级别，给编制，给权力，给经费。

陪同人员怎么也没有想到，国王对厕所的兴致会如此高。第三天国王再次进入了一处乡村厕所，这次的问题是厕所墙上掉皮和顶部落屑的问题。经过听取汇报，国王明白了，这两个问题不归厕所部管理，也不归建设部管，两个部门为此开始了扯皮。国王再次作指示，把厕所部一分为三，分为厕所建设部、厕所管理部、厕所监督部，全为正部级单位，充实人员，明确职责。

国王就这样治理着 G 国。不久，由于实在是缺少人手，国王就制定了兼职办法，让工作人员身兼数职，干好各项工作。

多年后，年事已高的国王又要到基层搞调研。回想起当年关于厕所的那次调研以及调研后的工作力度，他临时动议再次走进了乡村厕所。结果发现厕所大便堆积如山，小便满地横流。找具体工作人员找不到，找管理官员也找不到。只见 G 国的大地上人来人往，穿梭不停。他们忙着这里开会，那里处理工作。但是，他们白天黑夜连轴转，却永远也处理不完自己应负责的各项工作。

"我这么英明的国王，怎么连这么一个小小的 G 国都管不好呢？"他痛下决心，决定解决这个问题，于是又下发文件，落实编制，并在各级普遍成立了兼职部，具体来管理兼职这项工作，以确保工作正常运转。

但最后竟没有调入一个人，此时全国所有人都有了不下三十个的兼职，哪里也找不出不兼职的人员，所以兼职部的所有人员也都是兼职的……